忘却のかなたの楽園

マヤ・バンクス
小林ルミ子 訳

ENTICED BY HIS FORGOTTEN LOVER
by Maya Banks
Translation by Rumiko Kobayashi

mira

ENTICED BY HIS FORGOTTEN LOVER

by Maya Banks

This edition is published by arrangement with Harlequin Books S.A.

Published by K.K. HarperCollins Japan, 2021

忘却のかなたの楽園

おもな登場人物

ブライアニー・モーガン――――ムーン・アイランドの元所有者
ローラ・モーガン――――ブライアニーの祖母
ラファエル（レイフ）・デ・ルカ――リゾート開発会社社長
デヴォン・カーター――――ラファエルの友人、ビジネスパートナー
ライアン・ビアズリー――――ラファエルの友人、ビジネスパートナー
キャメロン（キャム）・ホリングスワース――ラファエルの友人、ビジネスパートナー

1

ラファエル・デ・ルカは苦境に立たされていた。だがこれまでももっとひどい事態に見舞われたこともあるし、これから先だってそういうことは起こるだろう。だからこれくらいのことは切り抜けられるはずだ。

彼はここにいる人々のことを覚えていない。だがそれを気づかれるわけには絶対にいかないのだ。

ラファエルは人でにぎわうボールルームを見渡し、不安を隠すために味のしないワインに口をつけた。さきほどから頭が割れるように痛み、胃が飲んだばかりのワインを押し戻そうとしている。

「レイフ、もう帰ってもいいぞ」隣にいるデヴォン・カーターが耳元でささやいた。「これだけパーティに顔を出せばもう充分だ。誰も、何ひとつ疑っていやしないさ」

ラファエルは振り返り、ビジネスパートナーでもある三人の友人の顔を見まわした。デヴォンとライアン・ビアズリーとキャメロン・ホリングスワースは彼を守るように背後に立っている。大学生のときに、ビジネスの世界で名を上げようと決意したときから、三人はいつもラファエルの味方だった。

ラファエルが記憶をなくして病院のベッドに横たわっているときも、彼らはすぐに駆けつけ、早く回復するように叱咤《しった》激励してくれた。

「パーティを途中で抜けるのは失礼だとしつけられたんでね」ラファエルはそう言うと、再びワインを口元に運んだが、そのにおいに胸がむかついた。

キャムことキャメロンは口をゆがめた。「おまえがパーティを早めに切り上げても誰も気にしないさ」

「おまえたちがいれば、ボディガードなんていらないな」ラファエルはからかうように言ったが、信頼できる友人がそばにいてくれてありがたかった。彼が記憶をなくしたことはこの三人以外は誰も知らない。

デヴォンは顔を寄せてささやいた。「こっちに来るのはラムゼー三世と彼の妻のマーシーだ。ラムゼーはムーン・アイランドのリゾート計画に出資してくれている」

ラファエルはうなずき、笑みを浮かべてこちらにやってくるカップルを迎えた。出資者に不安を抱かせるようなまねをするわけにはいかないのだ。

ラファエルと彼のビジネスパートナーたちはリゾート施設を建設するのにうってつけの場所を見つけた――テキサス州のガルベストン湾にある小さな島だ。そこの土地はすでにラファエルが買収していた。あとはホテルを建てて、出資者をさらに満足させればいいだけだ。

「ラムゼー夫妻、またお会いできて光栄です。マーシー、今晩のあなたはとてもお美しい」ラファエルがそう言って手にキスをすると、年配の女性はうれしそうに顔をあからめた。

夫妻に話しかけられると、ラファエルは真剣に耳を傾けているようにうなずいたが、さっきからうなじがちくちくしていた。いつしか痛みの原因を探るように部屋を見まわしていた。

最初、彼の視線はその女性を通りすぎた。が、すぐに目が引き戻された。女性は部屋の向こう側からラファエルを食い入るように見つめている。ふたりの目が合っても彼女の強いまなざしは少しも揺るがなかった。

ラファエルはどうして彼女から目が離せないのかわからなかった。彼の好みはブロンドで背の高い脚のきれいな女性だ。とりわけ青い目と抜けるように白い肌をした女性には目がなかった。

だがその女性はハイヒールをはいていても小柄で、日焼けしたクリーム色の肌をしている。肩へと流れる豊かな髪は漆黒で、目もやはり黒かった。

彼女に会うのは初めてのはずだ。

いや、本当にそうだろうか？

ラファエルの記憶には穴が空いていた。四カ月まえに飛行機の墜落事故にあったのだが、事故まえの数週間の記憶がすっぽり抜け落ちているのだ。そのときのことをまったく覚えていない。

それよりまえの記憶もところどころ抜けていた。医者は恣意的な記憶喪失という診断を下し、忘れてしまいたい出来事の記憶をなくしたのだろうと話した。ラファエルはその診断が気に入らなかった。記憶をなくしたがっている人間なんていったいどこにいるというのだ？

デヴォンやキャムやライアンのことはもちろん覚えていたし、彼のもとで働いている人々もそのほとんどは覚えていた。ほとんどは。そう、忘れてしまった人もいるのだ。それを悟られないようにオフィスでは常に緊張していなければならなかった。リゾート計画に出資してくれた人々も半分ほどしか覚えていなかったが、計画が最終段階に入った今はそのひとりでも失うわけにはいかなかった。なにしろその計画がうまくいけば、彼やパートナーたちに何百万ドルもの利益をもたらしてくれるのだから。

女性はまだラファエルのことを見つめていたが、近づいてこようとはしなかった。彼女の目はしだいに冷ややかになり、小さな手はこぶしに握られていた。

「ちょっと失礼します」ラファエルは笑顔でラムゼー夫妻にそう告げると、彼女のほうへ歩いていった。

ラファエルが近づいていっても女性は臆することなく彼をまっすぐ見つめていた。挑むように顎をつんと上げている。

女性のまえに立ち、しげしげと顔を眺めた。この女性に会うのはこれが初めてではないのだろうか？

いや、もし会ったことがあるなら覚えているはずだ。

「失礼ですけれど、どこかでお会いしましたか？」ラファエルはよどみない声で尋ねた。その声はいつも女性に絶大な効果を発揮するのだ。

ラファエルの目は黒のカクテルドレスのハイウエストに押し上げられた豊かな胸に吸い寄せられた。胸のすぐ下に切り替えがあり、そこからふわりと広がるスカートが膝まで続いている。

ラファエルが彼女の顔に視線を戻したとき、その黒い目に怒りの火花が散った。

「どこかでお会いしましたかですって？　あなたは最低の人間だわ！」

次の瞬間、彼女はこぶしに握った手を振り上げ、ラファエルの頬を殴った。彼はよろめきながら一歩下がり、鼻を押さえた。

すぐにラファエルのボディガードがふたりのあいだに割って入った。その拍子に彼女は突き飛ばされてよろめき、膝から床に倒れ込んだ。彼女はとっさに、おなかを手で押さえた。

ラファエルははっとした。ゆったりしたドレスを着ているのは体の線をごまかすためではないだろうか。おなかに子供がいることを隠しているのだ。

ボディガードが乱暴に彼女を立たせようとした。

「やめろ！」ラファエルは怒鳴った。「彼女は妊娠している。手荒なことはするな！」

ボディガードはあわてて一歩下がり、驚きの目でラファエルを見た。女性はその隙に立ち上がり、ラファエルをにらみつけた。それからくるりと背中を向けると、ハイヒールの音を大理石の床に響かせながら走って部屋を出ていった。

ラファエルは呆然《ぼうぜん》として彼女が走っていったほうを見つめた。最後に見た女性の目には怒りではなく、涙が浮かんでいた。

ぼくはどういうわけか彼女を傷つけてしまったのだ。でも、いったいどうしてそんなことに？

ラファエルはすぐに彼女のあとを追って部屋を飛び出し、ロビーを横切って玄関の外に出た。だが彼女の姿はなく、通りに通じる階段にハイヒールが落ちていた。

ハイヒールを拾い、眉をひそめた。妊娠している女性がこんなに高いハイヒールをはくなんて、転んだらどうするつもりだ。彼女はぼくに文句を言いに来たらしいが、せっかくその機会をつかんだのに、なぜ逃げ出してしまったのだろう？

だがこの爪楊枝《つまようじ》みたいな靴を脱ぎ捨てるだけの常識は持ち合わせているようだ。

「いったい何があったんだ、レイフ？」キャムが後ろから声をかけてきた。

気づくと、ラファエルのボディガードの一団と友人たちが彼のあとを追って外に出ていた。

ラファエルはハイヒールを警備責任者のレーモンに見せた。「この靴の持ち主を捜してくれ」

「見つけたらどうしますか？」

「どこにいるのかだけ報告してくれ。あとはぼくが個人的に対処するから」

友人たちはいっせいに眉をひそめた。

「気に入らないな、レイフ」ライアンは言った。「罠《わな》を仕掛けられているのかもしれないぞ。おまえが記憶喪失になったことがどこかにもれていて、あの女性はたまたまそれを知り、おまえをいいように利用しようとしているのかもしれない」

「そうかもしれないが」ラファエルは淡々と告げた。「でもあの女性のことが気になって仕方ないんだ」

キャムは眉をつり上げた。「彼女を知っているのか？」

ラファエルは顔をしかめた。「わからない。これから探ってみるよ」


ブライアニー・モーガンはシャワーから出ると、頭にタオルを巻き、ローブをはおった。温かなシャワーも激しい怒りを静めてくれなかった。

どこかでお会いしましたか？

ラファエルのその言葉が頭の中で鳴り響いていた。

なぜわたしはあんなにもばかだったんだろう？　ハンサムな男性や甘い言葉に飛びつくタイプじゃなかったはずなのに。

でもラファエル・デ・ルカがムーン・アイランドに足を踏み入れた瞬間からたちまち惹《ひ》きつけられてしまった。彼は見事な仕立てのビジネススーツを一分の隙もなく着こなしていた。けれどもわたしはそれを脱がせることに成功した。四週間後に迎えに来た自家用飛行機のパイロットは、ラファエルを見ても誰だかわからなかったほどだ。

彼はまじめくさった堅苦しい人物から、休暇をのんびりと楽しむおおらかな男性に変わったのだ。

そして、恋に落ちた男性に。

心の痛みにのみ込まれそうになり、ブライアニーは目をぎゅっとつぶった。

いいえ、彼は恋に落ちてなんかいなかった。わたしは世間知らずのうえに、恋にのぼせあがっていたせいで、彼の本当の動機を見抜けなかった。

でもだからといってラファエルを数々の嘘《うそ》と裏切りから無罪放免で逃すつもりはない。わたしが売った土地に彼がリゾート施設を建て、島全体を金持ちの遊び場にするのはなんとしても阻止してみせる。

今晩のパーティに招待状なしに押しかけるのは勇気のいることだった。だが島をめちゃくちゃにするプロジェクトの出資者をつのるためにおこなうのだと知り、ラファエルと対決するために乗り込んだのだ。みんなのまえで嘘をついたことを責めるつもりだった。

でもまさか、ラファエルがわたしと会ったことさえ否定するとは思ってもみなかった。

ブライアニーはため息をついた。なんとか落ち着かなくては。そうでなければ血圧が急激に上昇してしまう。それにしてもルームサービスはいつになったら来るのだろう。おなかがぺこぺこだというのに。彼女は子供にあやまるようにおなかを手でさすり、怒りと緊張をどうにか静めようとした。母親が四六時中いらいらしていたのではおなかの子供にいいはずがない。

そのとき、ドアをノックする音が聞こえた。

「やっと夕食が来たわ」ブライアニーはそうつぶやきながらドアを開けた。

目の前にラファエルが立っていた。彼の指先に、脱ぎ捨ててきたハイヒールがぶら下がっている。

ブライアニーはあわててドアを閉めようとしたが、彼はすばやく片足を部屋の中に突っ込み、ドアをこじ開けて中に入ってきた。

ブライアニーはうなるように言った。「出ていってちょうだい。ホテルの警備員を呼ぶわよ」

「呼べばいい」ラファエルは淡々と言った。「でもこのホテルはぼくのものだから、ぼくを放り出すのはさぞかしむずかしいだろうな」

「だったら警察を呼ぶわ。あなたが誰であろうと、客の部屋に押し入る権利はないはずよ」

ラファエルは眉をつり上げた。「ぼくはきみの靴を返しに来ただけだ。それのどこが犯罪行為なんだ？」

「くだらないゲームはやめて、ラファエル。もうわかったわ。はっきりわかったから！　パーティであなたと目が合った瞬間にね。それともわたしも〝どこかでお会いしましたか〟って言えばいいの？　だけど、いくらなんでもあれはやりすぎよ！」きつい言葉を投げつけることでどうにかラファエルを叩《たた》かずにすんだ。ブライアニーはたたみかけるように言った。「あなたがわたしをだましたことはよくわかったわ。わたしが大ばか者だったということも。でもさっきのような態度でわたしから逃げようとするのはあまりに卑怯《ひきょう》で、胸がむかついてくるのよ」

困惑したようなラファエルの顔は無視して、ブライアニーは彼の胸に人差し指を突き立てた。「わたしの土地をあなたの思いどおりにはさせないから。わたしたちには口頭で交わした約束があるわ。あなたにはなんとしてもそれを守ってもらうわよ」ラファエルは何か言いたそうにまばたきを繰り返した。ブライアニーはそんな彼を蹴飛ばしてやりたくなった。「二度とわたしに会うことはないって思っていたんでしょう？　あなたはわたしの土地を買い取るために、わたしを愛しているふりをして抱いた。わたしがそのことを知ったからには、ふくれっ面でどこかに隠れているとでも思ったんでしょう。でもそれは大きな間違いよ！」

ラファエルは彼女にまた殴られたように身をすくませたが、すぐに低い声で言い返した。「ぼくたちがベッドをともにしたときみは言いたいのか?」危険な響きを帯びたその声にいつものブライアニーだったらおびえていただろうが、今は怒りのせいで何も考えられなかった。「ぼくはきみの名前も知らないのに」

ブライアニーはその言葉を聞いても、もはや傷つくはずはなかった。ラファエルが数々の嘘をつき、彼女を誘惑した理由に気づいてしまったのだから。

だがそれでも面と向かって名前も知らないと言われると、心はずたずたに傷ついた。

「もう出ていって」ブライアニーは涙をどうにか押しとどめながら言った。

ラファエルは首をかしげ、ブライアニーの顔をじっと見つめた。それから手を伸ばし、彼女の目の縁にたまった涙を指でぬぐう。「ずいぶんと動揺しているね」

ああ、なんてことだろう。この人は頭が空っぽなのだろうか。おなかの子が彼の頭ではなく、わたしの頭を受け継ぐことを祈るばかりだ。ブライアニーはそう思うと笑い出したくなったが、口から出てきたのはすすり泣きだった。

「出ていって」

だがラファエルは彼女の顔を両手で包み込み、目をのぞき込んだ。「ぼくときみがベッドをともにしたはずがない。きみはぼくのタイプの女性ではないし、そんな大切なことをぼくが忘れるはずがない」

　ブライアニーは泣いていたこともすっかり忘れて口をぽかんと開けた。そして次の瞬間、身を激しくよじらせ、彼の手を振り払った。そしてラファエルをこの部屋から追い出すのはあきらめ、代わりに自分が出ていくことにした。

　ローブの衿《えり》をかき合わせ、足音も荒くラファエルの脇を通りすぎた。だが廊下に一歩踏み出したところで、彼に腰をつかまれた。

　もう我慢できない。ブライアニーはそう思い、叫び声をあげようとした。だがラファエルの胸にぐいと引き寄せられ、口を封じられた。

「きみを傷つけようなんて思っていない」ラファエルはいらだったようにそう言うと、ブライアニーを部屋の中に引っ張り込んでドアを閉め、鍵をかけた。そして振り返り、彼女をにらみつける。

「あなたはすでにわたしを傷つけたわ」ブライアニーは歯を食いしばった。

　ラファエルの顔にとまどいが浮かんだ。「ぼくが本当にきみを傷つけたんだったらあやまるよ。でも、きみにその償いをするためには、ぼくが何をしたのか思い出す必要があるんだ」

「償いですって?」ブライアニーは呆気《あっけ》に取られた。彼女が愛したラファエル・デ・ルカと目の前の男性は天と地ほども違っていたからだ。彼女はローブのまえをぐいと開け、ネグリジェに包まれたおなかをあらわにした。「わたしはあなたに夢中になったわ。あなたがそうなるように仕向けたからよ。わたしを誘惑し、愛しているから一緒に暮らそうと言ってね。そうやってわたしの家族に代々受け継がれた土地を売る契約書にサインさせたのよ。土地の利用方法についてもあなたは白々しい嘘を並べ立てた。でもそれだけじゃない。あなたはわたしを妊娠させたのよ！」

ラファエルの顔から血の気が引いた。「ぼくたちはベッドをともにし、その結果、きみのおなかの中にぼくの子供がいるということか？」

ブライアニーは彼をまっすぐ見つめ返した。「そんなことはなかったって言いたいの？わたしたちが一緒に過ごした数週間はただの妄想だと？　あなたは何も言わずにわたしのもとを去り、そのあとなんの連絡もよこさなかった。それも否定するつもり？」

その声にはあざけりだけでなく、苦しみもにじみ出ていた。ブライアニーはそれがあからさまに出ていないことを祈った。

これ以上の屈辱には耐えられそうにない。

ラファエルは目を閉じ、かすれた声で言った。「きみのことを覚えていないんだ。きみと何があったのかも」彼はブライアニーのおなかを指さした。

ブライアニーははっとした。彼の声にはまぎれもなく混乱しているような響きがあったからだ。彼女は身を守るように腕を組み、息を吸った。「覚えていないってどういうこと？」

ラファエルは髪をかきむしった。「事故にあったんだ……数カ月まえに。もしきみの言うことが正しいのなら、ぼくの記憶が抜け落ちている時期に、ぼくたちは出会ったことになる」

2

ラファエルは目の前の女性の顔が青ざめるのをじっと見つめた。体をふらつかせたので、とっさに手を伸ばし、腕をつかむ。「倒れるまえに座ったほうがいい」そう言うと、彼女をベッドに座らせた。

彼女は顔を上げると、うつろな目を向けた。「あなたが記憶をなくしたなんて信じると思っているの？　もっとましな言いわけは考えつかなかったわけ？」

ラファエルは眉をひそめた。記憶喪失に関して彼も同じような意見を持っていたからだ。もし立場が入れ替わり、記憶喪失になったと彼女に告げられたら、くだらない冗談だと一笑にふして部屋から出ていったことだろう。

「きみを怒らせたくはないが、本当に覚えていないんだ。きみの名前を教えてくれ」

彼女はうんざりしたようにため息をついた。「わたしの名前はブライアニー・モーガンよ」

ブライアニーが顔をうつむけると、黒い髪が顔にかかり、表情が見えなくなった。ラファエルは手を伸ばし、髪を耳の後ろにかけてやった。「ブライアニー、きみにききたいことが山ほどあるんだ」

ブライアニーは顔を上げ、ラファエルと目を合わせた。「あなたは記憶喪失になったと言い張るつもりなの？」

ラファエルは自分の話がどれほど疑わしく聞こえるのかわかっていた。だがそれでもブライアニーが少しも信じようとしないことに腹が立った。彼は自分の言葉に疑いを挟まれることに慣れていなかった。

「ぼくが公の場で女性に顔を殴られて喜ぶとでも思っているのか？　しかもその女性はぼくにとって初対面なのに、ぼくの子供を妊娠したと言っているんだぞ。少しはぼくの立場になって考えてみてくれ。きみの目の前に見知らぬ男が現れて、きみが言ったようなことを言い出したら、疑うのが当然だろう」

「こんなこと、ありえないわ」ブライアニーは力なくつぶやいた。

「いいかい、ぼくの身に起こったことは証明できる。なんなら医者の診断書を見せてもいい。ぼくはきみを覚えていない。そのせいできみが傷ついたんだったらあやまるよ。でもそれが事実なんだ。だからぼくたちがどういう関係だったのかは、きみの言葉を信じるしかない」

ブライアニーは口をゆがめた。「ええ、そうね。それに、わたしはあなたのタイプではないってことを忘れるわけにもいかないわね」

ラファエルは彼女の皮肉に顔をしかめた。「ぼくたちはいつどこでどうやって出会ったんだ？　それを聞けば、何か思い出すかもしれない」

ちょうどそのとき、ドアをノックする音が聞こえた。ラファエルは眉をひそめた。「こんな時間に誰かが訪ねてくることになっているのか？」

「ルームサービスよ。おなかがぺこぺこなの。今日一日何も食べていないから」

「そんなことをしたらおなかの子によくないな」

ブライアニーはその言葉を無視してドアを開けた。するとルームサービス係がワゴンを押して入ってきた。彼女は請求書にサインした。

ルームサービス係が部屋から出ていくと、ブライアニーはカートをベッドのところまで押していった。「この部屋に訪ねてくる人がいるなんて思わなかったから、ひとり分の料理しか注文していないわ」

「ぼくのことは気にせずに、ゆっくり食べてくれ。食べながらでも話はできるから」

ブライアニーはベッドのまえに置かれた肘掛け椅子に腰を下ろし、料理に手を伸ばした。

ラファエルは彼の記憶から抜け落ちた女性の顔をしげしげと眺めた。

　ブライアニーはまぎれもなく美しかった。とはいえ、ラファエルが惹《ひ》かれるタイプの女性ではない。彼女はあまりにずけずけものを言いすぎる。彼の好みはおとなしくて柔順な女性だった。だからこの五年間、デートしてきた女性たちとは正反対の性格のブライアニーと恋に落ちるなんてどうにも信じられなかった。

　まあ、何かのはずみで彼女に惹かれたのかもしれない。だったらベッドをともにしたのもありえるだろう。でも、ぼくが恋に落ちただって？　それも出会ってすぐに？　そんなことがあるだろうか？

　女性は感情的になりやすいものだ。だからぼくが彼女に恋していたとブライアニーが信じ込んでしまった可能性もある。そう、彼女は嘘《うそ》をついているようには見えない。ぼくに裏切られたと訴えてきたとき、彼女の顔には苦しみがまざまざと浮かんでいた。

　だがブライアニーの話をうのみにし、おなかの子供まで受け入れるわけにはいかない。親子鑑定テストを受けないのはあまりにも愚かだ。彼女が記憶喪失のことを偶然知り、何もかもでっちあげた可能性だって完全になくなったわけではないのだから。

　ラファエルは弁護士にすぐに電話して、記憶のないときに買い取った土地の契約書に誰のサインがしてあるのか確かめたくなった。事故にあってからその書類を見ていなかった。

仕事を円滑に進めるために、大金を払って社員を雇っているのだ。だからいったん商談をまとめたら、それを振り返る必要はなかった。今までは。

だが、今の彼は泥沼にはまり込んだようなものだ。だからこそ、明日の朝一番に弁護士に連絡しなければならない。

「あなたの立場になって考えてみたけれど」ブライアニーはぽつりと言った。「それほど悪い状況ではないんじゃない。あなたは大金持ちだし、妊娠しているわけでもない。それに、家族に伝わってきた土地を、そこにリゾート施設を建てようとしている男性に売り渡したわけでもない」

苦痛に満ちたその声に、ラファエルの胸は締めつけられた。今、彼の心に影を落としているのは罪悪感だった。だが、なぜ罪悪感を覚える必要があるのだ？　悪いことなど何ひとつしていないというのに。

「ぼくたちはどうやって出会ったんだ？」

ブライアニーは手に持ったフォークをぶらぶらさせた。「最初に会ったとき、あなたはわたしの家よりも高そうなスーツを着ていたわ。それに、サングラスもしていた。わたしはそれがいやだったの。だって、あなたの目が見えないでしょう。だから、サングラスをはずすまであなたとは話をしなかったわ」

「それはどこで？」

「ムーン・アイランドで。あなたは海岸沿いの土地は誰が所有しているのかと尋ねてきたの。そこの土地の持ち主はわたしだった。わたしはてっきり、島をリゾート開発して島の人々を貧困から救うとか言い出す開発業者がまた都会からやってきたんだと思ったわ」

ラファエルは顔をしかめた。「ぼくが島に行くまえからその土地は売りに出されていたはずだが。そうでなければそんな土地があることを知らずにいただろうからね」

彼女はうなずいた。「売りに出していたわ。そうするしかなかったのよ。祖母もわたしもこれ以上は不動産税を払えなかったから。でも、開発業者に売るのはやめようと決めていたの。家族に代々伝わってきた土地を売らなければならないだけでも、申しわけない気持ちでいっぱいなのに」

ブライアニーはこんな話をすることに気後れを感じているようにそこで黙り込んだが、しばらくするとまた口を開いた。

「とにかく、わたしはあなたを開発業者だと思ったの。だから、あなたに会わないように逃げまわったわ。そうしたらあなたは怒って家に押しかけてきて、本当に土地を売る気があるのかってわたしをなじった」

「いかにもぼくがやりそうなことだ」

「わたしはあなたに売るつもりはないと言ったの。すると、あなたはなぜかときいてきた。だから、あの土地にリゾート施設を建てるような人には売らないと祖母と約束したと話したわ。そうしたら、あなたは今度は祖母に会わせてくれと言い出したのよ」

ラファエルは居心地が悪くなった。まったく自分らしくない行動だ。彼は仕事に個人的な関わり合いを持つことをいつも避けていたのだ。

「そのあとのことは話すのも恥ずかしいわ」ブライアニーはそっけなく言った。「あなたを祖母のところに連れていったらすっかり意気投合して、祖母はあなたを夕食に誘った。そのあとわたしとあなたは浜辺を散歩してキスを交わした。あなたはわたしを家まで送ると、次の日も会おうと誘ってきたわ」

「それで会ったのか?」

「ええ」彼女は弱々しい声で言った。「その次の日も、さらにその次の日もね。あなたからその堅苦しいスーツを脱がせるのに三日もかかったわ」

ラファエルは眉をつり上げた。

ブライアニーは頬を赤く染めた。「そういう意味じゃないわ。あなたは浜辺を歩いているときもいつも場違いなスーツを着ていたんですもの。だからわたしはあなたを買い物に連れていって、ビーチウェアを買ったの」

ラファエルには悪夢のように思えた。「ビーチウェアだって？」

ブライアニーはこくりとうなずいた。「短パンにTシャツ。それからビーチサンダルもね」

医者の言葉は正しいのかもしれない。忘れたがっているからこそ記憶をなくした。ビーチサンダルだって？　ラファエルは呆然《ぼうぜん》として足元の高価な革のローファーを見下ろし、ビーチサンダルをはいている自分の姿を想像した。

「ぼくは……そのビーチサンダルをはいたのか？」

「ええ。水着も買ったわ」

記憶から抜け落ちている数週間のあいだ、ぼくはまるで自分らしからぬ行動を取っていたらしい。なぜそんな柄にもないことをしたのだろう？

「それでその、ぼくたちの関係はどれくらい続いたんだ？」ラファエルは声を詰まらせて尋ねた。

「四週間よ」ブライアニーはささやくように言った。「すばらしい四週間だったわ。わたしたちは毎日一緒に過ごした。最初の週の終わりに、あなたはホテルを引き払い、わたしの家にやってきた。わたしのベッドの中に。わたしたちは愛し合うとき、海の音が聞こえるように窓を開けておいたの」

「なるほどね」

ブライアニーは目をすっと細めた。「わたしの言うこと、信じていないんでしょう」

「ブライアニー」ラファエルは用心深く切り出した。「きみの話はぼくにはどうにも信じられないんだ。ぼくはそんなことは絶対にやりそうもない人間だ。想像することさえむずかしい」

ブライアニーは震える唇をぎゅっと引き結んだ。「ねえ、わたしの立場に立って考えてみて。愛し合っていると思った男性に、突然覚えていないって言われたのよ。しかもその男性が言ったことはすべて嘘で、守る気もない約束をしたんだとわかったら、いったいどんな気持ちになると思う?」

ラファエルは彼女の目を見つめた。計り知れないほどの悲しみが浮かんでいる。「動揺して取り乱すだろうな」

「そういうことよ」ブライアニーは立ち上がり、カートをドアのほうに戻すと、ベッドに座る彼のまえに立った。「これ以上話しても時間の無駄だわ。くたくたなの。もう出ていってくれないかしら」

ラファエルも立ち上がった。「出ていってくれだって? きみは想像もつかないような話をぶちまけたあげく、ぼくの子供を妊娠しているとまで言ったんだぞ。それなのにぼくが黙って出ていくとでも思っているのか？」

「事実、あなたはそうしたじゃない」ブライアニーはうんざりしたように言った。

「自分のしたことをまったく覚えていないのに、きみを裏切って立ち去ったとどうしてわかるんだ？　ぼくは事故にあったんだ、ブライアニー。ぼくと最後に会った日はいつだ？その日、ぼくたちは何をした？」

彼女は体の脇で手をぎゅっと握りしめた。「わたしが契約書にサインした翌日、あなたは急用ができたのでニューヨークに行かなきゃならなくなった。でも、すぐに片づけて島に戻ってくると約束してくれたわ。それからわたしたちは土地をどうするかについて話し合うことになっていたの」

「それはいったい、いつのことだ？」

「六月三日よ」

「事故が起こった日だ」

ブライアニーは驚きに打たれた顔になり、手で口を押さえつけた。今にも倒れそうだったので、ラファエルは彼女をベッドに座らせ、その隣に腰を下ろした。

ブライアニーは唖然《あぜん》とした顔を向けた。「いったい何があったの？」

「自家用ジェット機がケンタッキー州で墜落したんだ」彼はむっつりと言った。「あのときのことはあまり覚えていない。病院のベッドで目を覚ましたとき、なぜそんなところにいるのかさえわからなかった」

「何も覚えていないの？」

「ムーン・アイランドにいた四週間のことはまったく覚えていない。そもそもなぜそこに行ったのかもわからなかった。でも、土地を買ったんだから推測するのはむずかしくなかった」

「つまり、あなたはわたしのことだけを忘れたのね」

ラファエルはため息をついた。「きみはそんなことを聞きたくはないだろう。だが、きみの話を聞いても信じられないいんだ。ぼくはきみのことを覚えていないけれど、人でなしじゃない。きみが傷つくのを見るのは、ぼくだってつらいんだ」

「あなたに連絡しようとしたのよ」ブライアニーは小声で言った。「最初はあなたが帰ってくるのを待ってたの。けれどもとうとう我慢できなくなって、あなたから渡された番号に何回か電話をかけたわ。でも、誰もあなたにつないでくれなかった」

「事故のあと、ぼくの周辺の警備はきびしくなった。記憶をなくしたことを誰にも知られるわけにはいかなかった。知られたら、信用を失って出資者はこぞってリゾート施設の建設計画から手を引くだろう」

「わたしは拒絶されているように感じて、だんだん腹が立ってきたの。あなたはわたしに面と向かって別れを告げる勇気もないのかと思って」

「だったら、どうしてもっとまえにぼくに会いに来なかったんだ？」

ブライアニーはラファエルがなぜそんなことを言い出したのか警戒するように目を細めた。たしかに彼は納得していなかった。彼女は激怒していたし、妊娠までしているのだから、四カ月も経《た》ってから会いに来るなんて不自然だ。

「十週目に入るまで妊娠には気がつかなかったの。それに、祖母が体調を崩したのでずっと付き添っていたし。あなたが土地を手に入れるために嘘をついてわたしを誘惑したなんて、祖母には知られたくなかったのよ。祖母はわたしがどれだけあなたを愛しているかわかっているから」

まったくなんてことだ。ラファエルは落ち着きなく髪をいじった。たった一日で人生がこんなに大きく変わってしまうなんて。彼はブライアニーを見つめた。「いいかい、もしぼくがこのままこの部屋を出ていくと思っているなら、それはとんでもない間違いだ。ぼくたちにはどうやら話し合わなければならないことがたくさんありそうだが、それをひと晩で解決するなんて無理だ。一週間かけても無理だろう」

ブライアニーはうなずいた。

「ぼくと一緒に来てほしい」

ブライアニーは目を見開き、不安げに舌で下唇をなぞった。「あなたとどこに行くの？」

「きみの言うことが正しいとしたら、ぼくの人生はその島で大きく変わったことになる。だから、ぼくたちが出会ったその島に一緒に戻ってほしい」

ブライアニーはぼんやりと彼を見つめた。彼は自分が何を言っているのかわかっているのだろうか？

「その四週間をもう一度繰り返すんだよ、ブライアニー。そうすれば記憶も戻ってくるかもしれない」

「戻ってこなかったら？」

「そのときは、時間をたっぷりかけて互いのことを一から知ればいい」

3

「頭がおかしくなったんじゃないのか？」ライアンが吐き捨てるように言った。

ラファエルはオフィスの中を落ち着きなく歩きまわっていた足を止め、とげとげしい口調で言い返した。「頭がおかしいのは誰なのかについて話すのはやめよう。少なくとも、ぼくは弟に寝取られた女を必死に捜してはいない」

ライアンはラファエルをにらみつけると、ポケットに手を突っ込んで窓に顔を向けた。

「八つ当たりはやめろ」デヴォンがつぶやいた。

ラファエルは息を吐き出した。ライアンがなぜ別れた婚約者を捜しているのかはわからないが、だからといってこんな辛辣な言葉を浴びせられるいわれはない。

「悪かった」ラファエルは素直にあやまった。

キャムは椅子の背もたれに寄りかかり、机の上に足をのせた。「ぼくに言わせれば、ふたりとも頭がどうかしている。こんなに手間をかける価値のある女性なんてどこにもいやしないのに」そしてラファエルに顔を向ける。「いいか、今さらムーン・アイランドに戻るなんてあきれてものも言えないな。そこに行ったところでどうなるっていうんだ?」

まさにそのとおりだ。ラファエルは苦々しく思った。だが自分がたった数週間のうちに恋に落ち、女性を妊娠させるなどという、およそ自分らしくないことをしたそのわけが知りたいのだ。もう三十四歳になるのに、ブライアニーの言ったことが本当だとしたら、自分は裸の女性を初めて見た十代の少年のようなまねをしたことになる。

「彼女が言うには、ぼくたちは愛し合っていたそうだ」

三人の友人は禁欲の誓いの言葉を聞いたかのように、ラファエルの顔をまじまじと見つめた。まあ、今の状況を考えれば、禁欲はそれほど悪くないかもしれない。ラファエルは皮肉まじりに思った。

「それに、彼女はおなかの子の父親はおまえだと言い張っている」デヴォンは指摘した。

「弁護士と話はしたのか?」ライアンが尋ねた。「まずい状況に陥ったような気がしてならないんだ。彼女がこのことを世間に公表すれば、おまえの評判は地に落ち、リゾート計画は大打撃を食らうだろう」

「いや、まだ弁護士とは話していないが、この話し合いが終わったらすぐに電話するよ」

「それで自分を探す旅にどのくらい行くつもりだ?」キャムが尋ねた。

ラファエルはズボンのポケットに手を突っ込んだ。「できれば記憶が戻るまでいたいんだが」

デヴォンが思い出したように腕時計を見た。「悪いな、これから約束があるんだ」

「コープランドか？」キャムがにやりと笑った。

「合併したいなら、娘と結婚してくれと今でもコープランドにせっつかれているのか？」ライアンが尋ねた。

デヴォンはため息をついた。「ああ。その娘というのが奔放な性格でね。コープランドはぼくと結婚させれば落ち着くと思っているらしい」

キャムは肩をすくめた。「そんな子だったらはっきり断ればいいじゃないか」

「彼女はそれほどいやな子じゃない。ただ若くてエネルギーがありあまっているんだ。結婚相手として悪くない。もっとたちの悪い娘もたくさんいるからな」

「つまり、その娘ならおまえのような頑固者でもうまく乗りこなせるってことだ」ライアンは笑いながら言った。

デヴォンは罰当たりなしぐさをしながら、ドアのほうに歩いていった。

キャムも椅子から立ち上がった。「ぼくも行かなくちゃならない。いいか、レイフ、旅に出てもきちんと連絡だけはしてくれよ」

キャメロンはそう言うと、デヴォンのあとに続いて出ていったが、ライアンはまだ窓辺に立っていた。

「さっきはケリーのことで皮肉を言ってすまなかった」ラファエルはもう一度あやまった。

「彼女は見つかったのか？」

「いや、まだだ。でも必ず捜し出してみせる」ライアンはきっぱりそう言うと、話題を変えた。「ブライアニーのことはまったく覚えていないのか？」

ラファエルはペンで机を叩《たた》いた。「ああ、何も覚えていない。まるで赤の他人を見ているようなんだ」

「おかしいとは思わないのか？」

「もちろん、思うよ。でもそれを言うなら、この状況の何もかもがおかしいさ」

ライアンは窓に寄りかかった。「もしそのブライアニーという女性に夢中になり、四週間も一緒にいて、あげくに妊娠までさせたっていうのなら、少しぐらいは何か覚えていそうなものなのに」

ラファエルはペンを机の上に放り投げた。「ぼくの記憶には大きな穴が空いている。その中心に彼女がいるような気がしてならないんだ。だからあの島に戻らなきゃならない。彼女が嘘《うそ》をついていたとしても、それを証明するにはそうするしか方法がない」

「もし彼女が嘘をついていなかったら？」

「思い出さなくてはならないことがたくさんあるということだ」ラファエルはつぶやいた。

ブライアニーは高層ビルを見上げた。青く澄んだ空に突き刺さるようにそびえ立つそのビルは、秋の日差しを受けてきらきら輝いていた。

オレンジ色の葉が風に乗って彼女の鼻をかすめ、ひらひらとコンクリートの歩道の地面に落ちた。通りかかった人々が次々とその葉を踏みつけていく。

都会では誰もが忙しそうにせかせか歩いている。人と車の喧騒《けんそう》に満ち、音が絶えることがない。

どうしてみんな我慢できるのだろう？

ブライアニーはそう思ったが、ニューヨークに住む覚悟を決めていたのだ。ラファエルと暮らすつもりなら、都会の生活に慣れなくてはいけないと思っていたからだ。

彼女は今、彼のオフィスがあるビルのまえに立っていた。不安でいっぱいだった。「ラファエルを信じる気になったなんてわたしはどうかしているんだわ」彼女は自分に言い聞かせるようにつぶやいた。

でももし彼が本当のことを言ってるのだとしたら……。あの突飛な記憶喪失の話が本当だとしたら、わたしは彼に裏切られたのでも、捨てられたのでもない。ラファエルだって何ひとつ悪くないのだ。

そう思うと、ほっとしたが、その一方で何を信じればいいのかわからなくなっていた。

「きみがブライアニー？」

彼女はさっきからばかみたいにビルを見上げていたことに決まり悪さを感じながら、声のしたほうに顔を向けた。そこにはパーティでラファエルと一緒にいた男性がふたり立っていた。

「ええ、そうですけれど」

ふたりとも背が高かった。茶色の髪を短く切りそろえた男性は彼女に笑いかけていた。だがブロンドの髪の男性は青い目を細め、害虫を観察するような目で彼女を見ていた。

笑顔の男性が手を差し出した。「ぼくはデヴォン・カーター。ラファエルの友人だ。こっちはキャメロン・ホリングスワース」

「どうも」ブライアニーはぼそりと言った。

「レイフに会いに来たの？」

ブライアニーはうなずいた。

「よかったら彼のところまで連れていこうか」

ブライアニーは首を振った。「いいえ、ひとりで行きます。ご面倒をおかけしたくはありませんから」

キャメロンは値踏みするような冷ややかな目を向けたままだった。ブライアニーは引け目を感じたが、すぐに気持ちを奮い立たせて顎をぐいと上げ、手をぎゅっと握りしめた。

「面倒なんかじゃないさ」デヴォンが如才なく言った。「エレベータのところまで案内しようか」

ブライアニーは眉をひそめた。「わたしがエレベータを見つけられないと思っているんですか？　あなたたちは彼のお節介な友人なの？」

デヴォンはそれでも笑みを浮かべていた。彼女が胃がよじれるほど緊張しているのはわかっていると言いたげに。「わかったよ。ではいい一日を」

ブライアニーは息を吸い込んだ。失礼なことを言ってしまったことを後悔していた。不利な立場にいると感じて攻撃的な態度に出てしまったのだ。こんな態度をとっていたら、彼の友人たちからは決して好かれないだろう。

「ありがとう。お会いできて本当にうれしかったわ」彼女は誠意を込めて言った。デヴォンはうなずいたが、キャメロンはまだ冷ややかな目を向けている。ブライアニーが彼をにらみつけたい衝動を抑えつけていると、ふたりは背を向けて歩き出し、ＢＭＷに乗り込んだ。

彼女は息を吐き出すと、ビルの玄関に入っていった。ロビーは豪華な造りだった。ふんだんに使われた大理石が重厚感をかもし出し、むき出しになった梁《はり》が都会的な彩りを添えている。ロビーの真ん中に噴水があり、ブライアニーは心を静めるために足を止め、水の音に耳を澄ませた。海が無性に見たかった。彼女は島を離れたことがほとんどなく、生まれ育ったのどかな島にすぐにでも戻りたかった。

だがそう思ったとたん、胸が締めつけられた。自分のせいで家族に伝わってきた土地が、そこにリゾート施設を建てようとしている男の手に渡ってしまったのだ。

ムーン・アイランドは特別な場所だった。島にはいたるところに手つかずの自然が残されている。そこに暮らしている人々は誰もがみな顔見知りだ。住民は何世代もまえから島に住んでいる漁師か、ヒューストンやダラスで働いたあと余生を過ごすために戻ってきた人々だった。住民のあいだには島をこのままにしておこうという暗黙の取り決めがあった。

それがブライアニーのせいで何もかも変わってしまうかもしれないのだ。ブルドーザーが運び込まれ、建設作業員が大挙してやってきて、島の暮らしがすっかり変わってしまうかもしれない。

ブライアニーは唇をかみしめた。自分がどれほど愚かだったのかを思うと、胸がきりきり痛む。でもあのときは、まともに考えられなかったのだ。ラファエルの強烈な魅力に骨抜きにされていたし、彼に愛されているという思いにのぼせあがっていた。

ブライアニーはエレベータに乗り込むと、三十一階のボタンを押しながら考えを巡らせた。契約書にはっきりと条件を書き加えることを思いつかないわけではなかった。だがそれを言い出したら、彼を信用していないように思われるのがいやだったのだ。結婚まえに婚前契約書を要求しているのと同じことに思えたのだ。

それにラファエルは個人用に使うためにあの土地を買うのだと言った。実際、契約書には会社の名前でなく、彼の名前しか書かれていなかった。ラファエル・デ・ルカ、と。彼の言葉をすっかり信じてしまった。愛しているという言葉も、必ずまたこの島に戻ってくるという言葉も、一緒に暮らしたいという言葉も。

あまりに愚かで恥ずかしく、思い返すのさえつらい。ようやくラファエルと対決する気になって、ニューヨークまで来たというのに、彼は記憶をなくしたなんておよそ信じられないことを言い出している。そんな都合のいいことなんてあるだろうか。

けれども心の声がささやくのだ。彼は本当のことを言っているのかもしれない、と。そうだとしたらそれほど悪い事態ではないかもしれない。でもそんなふうに考えるなんて、わたしはつくづく頭がおかしいのかもしれないけれど。

エレベータから降りると、正面に受付があり、受付係がほほ笑みかけてきた。「お約束はされていらっしゃいますか？」

約束？　ブライアニーはおそるおそるうなずいた。「ラファエルと会うことになっているの」

「ミス・モーガンですね？」

ブライアニーはうなずいた。

「こちらにどうぞ。ミスター・デ・ルカからあなたがいらしたらすぐにお通しするようにとことづかっております」

受付係がそう言ってドアを開けると、ラファエルが机から顔を上げた。「ミスター・デ・ルカ、ミス・モーガンがいらっしゃいました」

ラファエルは立ち上がり、こちらにやってきた。「ありがとう、タマラ」

タマラはうなずくと、部屋を出てドアを閉めた。

ブライアニーはすぐ目の前に立つラファエルをなすすべもなく見つめた。何をすればいいのかわからなかった。彼が何も覚えていないのなら、恋人に捨てられて怒りおかしくなった女性のようなまねはできない。この数カ月、なんの音沙汰もなかったことを責められないのだ。

けれども、何もなかったかのように彼の胸に飛び込むこともできなかった。

結局、部屋の中には重苦しい沈黙が流れ、ふたりは無言で互いを見つめた。

ラファエルはため息をついた。「まず手はじめにやらなければならないことがある」

ラファエルが近づいてくると、ブライアニーは眉をつり上げた。「何をするの？」

彼は両手で彼女の顔をとらえ、体を寄せてきた。ふたりの体が触れると、ブライアニーは彼の体温と香りに包まれた。

「これからきみにキスするつもりだ」

4

ブライアニーはとっさに一歩下がったが、ラファエルは彼女の肩をつかみ、ぐいと胸に引き寄せた。

そして彼女の唇に唇を荒々しく押し当てた。

キスしたら何が起こるのかラファエルにはわからなかった。花火が上がる？　それとも奇跡的に記憶がすべて戻る？

何も起こらなかった。だが彼は仰天した。にわかに全身に活気がみなぎり、渇望と情欲が渦を巻いて下半身が痛いほどうずいたのだ。

ブライアニーもキスに応えていた。最初、彼女は抵抗していたが、やがてラファエルの胸に体をあずけ、彼に負けないほど情熱的にキスを返してきた。彼の体は今すぐに彼女を机の上に押し倒し、欲望を満たせと叫んでいた。

ラファエルははっとし、体を引き離した。ぼくはいったい何を考えているんだ？　彼女は赤の他人も同然なのに、あとさき考えずに彼女の服を引きはがそうとしていたなんて。いや、少なくとも今の彼女は妊娠する恐れはない……。

ラファエルはそう思うと、あわてて顔をそむけ、髪を手で落ち着きなく撫《な》でつけた。

ブライアニーがぼくのタイプじゃないだって？　冗談じゃない。ラファエルは首を振った。キスしただけでこんな爆発するような化学反応が起こる女性はこれまで誰もいなかった。

振り返ると、ブライアニーが呆然《ぼうぜん》として立っていた。唇がはれて、目がとろんとしている。

彼女を再び抱き寄せ、やりかけたことの続きをしたいという衝動が突き上げてきたが、ラファエルはどうにかそれをこらえた。「すまなかった。どうしても確かめたいことがあったんだ」

ブライアニーのまなざしはふいに鋭くなった。

「何を確かめたかったの？」

「何か思い出せるのか確かめたかった」ラファエルはぼそりと言った。

ブライアニーは口の端をつり上げた。「それで？」

彼は首を振った。「何も思い出さなかった」

ブライアニーはうんざりしたような顔になり、背中を向けてオフィスから出ていこうとした。

「待ってくれ」ラファエルは彼女のあとを追いかけ、ドアのところでつかまえて顔を向けさせた。

「なぜかりかりしているんだ?」

ブライアニーはあきれたように彼を見返した。「かりかりしている? さあ、なぜかしらね。実験材料のように扱われていることに我慢がならないのかもしれないわ。あなたが苦しんでいるのはわかってる。でも、苦しんでいるのはあなただけではないの。こんなひどいことをしなくてもいいはずだわ」

ラファエルが何か言うまえに、ブライアニーは再び背中を向けると、すたすた歩き出した。

ラファエルはその場に立ちつくし、彼女のあとを追いかけるべきか考えた。でも追いついても、なんと言えばいいんだ? 記憶を取り戻す特効薬にはならなかったが、ラファエルは彼女にキスしたことを後悔していなかった。彼に重要なことを教えてくれたからだ。ブライアニーのそばに近寄っただけで、情熱の炎に投げ込まれてしまうことを。ということは彼女のおなかの中の子供は……？

ぼくの子供である可能性が高いということだ。

彼は机に戻って電話を取り上げ、レーモンを呼び出した。「ミス・モーガンが今、ぼくのオフィスを出た。彼女がホテルに無事に戻るまで見届けてほしい」


ブライアニーはエレベータから降りると、まっすぐ玄関に向かい、ビルを出た。歯を食いしばっていたが、それでも目の縁を涙がちくちく刺していた。

ブライアニーは彼女が愛したラファエル・デ・ルカのかけらでもいいから見つけられることを願っていた。それにそう、正直に言えば、キスがきっかけになって、ラファエルもまた彼女を愛していたことを思い出してほしかった。

だがキスしたあとも、ラファエルにぴんときたような気配はまったくなかった。彼の目には欲望しか浮かんでいなかった。男性なら誰もが持っている欲望だけだ。男性は気持ちの結びつきがなくても、女性とベッドをともにできるのだ。

ブライアニーは秋の風に吹かれながら歩道を見渡した。急に寒くなったような気がして、彼女は体をぶるっと震わせた。あたりはすでに暗くなり、街灯に明かりが灯《とも》っている。

彼女は心を落ち着かせるためにホテルまで歩いて帰ることにした。キスされて気持ちが高ぶっていたし、ラファエルに腹を立ててもいた。

あんな実験じみたまねをするなんて、ラファエルはわたしにも心があるとは夢にも思っていないのではないだろうか。彼はわたしをただの慰み者のように扱った。でも、わたしは最初から彼にとってそういう存在にすぎなかったのかもしれない……。

失敗を繰り返すわけにはいかない。今度こそあの土地にリゾート施設を建てないと、きちんと契約書に書いてもらうのだ。彼が本当にそうしたら、そのときは下心なしに近づいてきたのだと信じてもいい。

ブライアニーは横断歩道のまえで立ち止まって腕を組んだ。すると男が後ろからぶつかってきた。彼女は振り返って叫んだ。「ちょっと！」

ちょうどそのとき、信号が青に変わり、待っていた人々がいっせいに歩き出した。ブライアニーがそちらに気を取られた瞬間に男が走り出した。そのとたん、彼女の肩からハンドバッグのストラップが落ち、腕がもげるのではないかと思うほど強く引っ張られた。

怒りがブライアニーの体を駆け巡った。男はひったくりだったのだ。彼女はとっさにもう片方の手でストラップをつかみ、力まかせに引っ張った。

男は小柄でブライアニーほどの身長しかなかったが、顔にただならぬ殺気を浮かべ、彼女を突き飛ばした。彼女の体は地面に投げ出され、ストラップが手首に絡みついた。

男はブライアニーの腕を乱暴につかむと、道路の脇まで引きずっていき、手を振り上げた。次の瞬間、ブライアニーの目の奥で火花が散り、手から力が抜けた。

男はナイフを取り出し、刃《やいば》を向けた。ブライアニーは刺されると思い、恐怖に凍りついた。だが男はナイフでストラップを切ると、ハンドバッグを持って走り出し、群衆の中に姿を消した。ブライアニーは背中から地面に倒れ込み、ずきずきと痛む目を手で押さえた。

やがて怒鳴り声が聞こえ、誰かが足元にひざまずく気配がした。「大丈夫ですか、お嬢さん？」

ブライアニーは顔を向けたが、ショックのあまり声を出すことができなかった。黒塗りの車がタイヤをきしらせながら彼女のまえで止まり、中から巨体の男が飛び出してくる。

その男は体の割には敏捷《びんしょう》な動きでひざまずくと、ブライアニーの顎に手を当てて、顔を左右に動かして目の怪我《けが》を調べた。それから彼は無線に向かって早口でまくしたてた。

ブライアニーはぼうっとしていて、なんと言っているのかわからなかったが、警察に連絡していることを願った。

「ミス・モーガン、大丈夫ですか？」

「どうしてわたしの名前を知っているの？」

「わたしはミスター・デ・ルカの部下です」

「なぜ彼はわたしがひったくりにあったことをもう知ってるの？」

「ミスター・デ・ルカにあなたがホテルに無事着くまで見届けるよう命じられたんです。でもわたしは途中であなたを見失ってしまった。見つけたときは、あなたはすでに襲われていたんです。立てますか？」

ブライアニーはうなずき、彼の手を借りてどうにか立ち上がると、おなかをさすった。転んだときにおなかの子供を傷つけてしまったのではないかと不安だった。

「どこか痛むんですか？」

「わからないわ」彼女は声を震わせた。「でも心配なの。転んでしまったから……」

「あなたをこれから病院にお連れします。ミスター・デ・ルカも病院に駆けつけるそうです」

そう言うと、彼はブライアニーを抱き上げて車の後部座席に乗り、運転手に車を出すように命じた。車はすぐに大通りへと走り出した。

ブライアニーの隣に座った大柄な男はコンソールボックスからアイスパックを取り出すと、彼女の目に当てた。

「ほかに痛むところはありますか？」

「いいえ、ないわ。ただ、怖くて震え上がっているだけよ」

彼は険しい顔になり、アイスパックを離して彼女の目をもう一度調べた。「目はかなりはれています。やはり、おなかの子供が無事かどうか医者に診察してもらったほうがいいでしょう」

「助けに来てくれてありがとう」

彼の顔は怒りにゆがんだ。「いいえ、あれでは失格です。もう少し早く駆けつけていれば、あなたには指一本触れさせなかったのに」

「それでも感謝しているわ。だってあの男はナイフを持っていたのよ」

ブライアニーはふいに息苦しくなった。あのときの光景は頭に焼きついている。きらりと光る禍々《まがまが》しいナイフが彼女に向けられたのだ。ブライアニーはぞくりと体を震わせ、蚊の鳴くような声で言った。「わたしはあなたの名前を知らないわ」

「レーモンです。ミスター・デ・ルカの警備の責任者です。さあ、もうすぐ病院に着きますよ」

数分後、車が病院のまえに止まると、レーモンはブライアニーを抱き上げて車から降ろし、車椅子に乗せて緊急診療室に連れていった。

ブライアニーはすぐに診療室に通された。気づくと、ふたりの看護師がベッドの脇に立ち、すでに手当てをはじめていた。あまりの手際のよさにブライアニーは呆気《あっけ》に取られ、その様子を見つめた。

ベッドの脇に立っていたレーモンは彼女の驚きを察したように小声で言った。「ミスター・デ・ルカはこの病院に多額の寄付をしているんです。あなたが来ることをあらかじめ病院のスタッフに知らせておきました」

そういうわけだったのね。ブライアニーはようやく納得した。

「すぐに産科医が来ますよ」看護師が言った。「赤ちゃんが無事かどうか診察しますからね」

ブライアニーはほっとしてうなずき、礼を言った。それから背もたれに寄りかかって目を閉じた。ちょうどそのとき、病室のドアが開き、ラファエルが青ざめた顔で飛び込んできた。

彼はベッドの脇に立ち、ブライアニーの手を握った。「どこか怪我をしたのか？　痛むところはあるかい？　赤ん坊は……？」

ラファエルは顔をゆがめ、レーモンをにらみつけた。

「何があった？」

「わたしは大丈夫だから」ブライアニーはそのひと言で片がつくと思っていた。だがラファエルは警備責任者を詰問しはじめた。

「ラファエル」彼女はそう言うと、彼の手をつかんだ。ラファエルはようやく彼女に顔を向けた。

「わたしは本当に大丈夫だから。レーモンはタイミングよく助けに来てくれたし、すぐに手当てしてくれたわ」

「きみをひとりで帰すんじゃなかった」ラファエルは歯をきしらせた。「きみはあんなに動揺していたのに。てっきりレーモンがきみを車でホテルまで送っていったと思ってたんだ」

ブライアニーは肩をすくめた。「わたしは歩いて帰ったの。それでレーモンはわたしを見失ってしまって……」

ラファエルはあたりを見まわしながらベッドの脇の椅子に腰を下ろした。「医者はまだ来ないのか？　ひったくりの野郎がきみの顔を殴ったのか？」

ブライアニーは彼の剣幕に圧倒されて目をぱちぱちさせた。こんなラファエルを見るのは初めてだ。

「もうじき産科医が来て、赤ちゃんが無事かどうか診察してくれるそうよ。わたしなら大丈夫。ここ以外に怪我をしたところはないわ」ブライアニーは青あざのできた目に触れ、顔をしかめた。

ラファエルはそっと彼女の手を取った。「これからひとりでニューヨークの街を歩くことを禁じるからな。ひとりでホテルに泊まるのも反対だね」

ブライアニーはからかうように尋ねた。「でもわたしが滞在しているのはあなたのホテルなのよ、ラファエル。まさか、安全じゃないっていうの？」

「きみはぼくと一緒にいるべきだ。そうすればきみの身の安全を保証できるからね」

「どういう意味？」

「いいかい、数日後にぼくたちは一緒にムーン・アイランドに向かう。だったら、それまできみはぼくの家に滞在していたほうが何かと都合がいいだろう。そうすれば……互いを知る時間だって持てるし」

ブライアニーは彼の目をじっと見つめた。そこには彼女に怪我をさせてしまったことへの激しい怒りが浮かんでいた。

ラファエルはわたしのことは覚えていないかもしれないけれど、守りたいという本能に駆り立てられている。それに、わたしが彼の子供を身ごもっていることは受け入れてはいないが、母親とおなかの中にいる子供のことを心から心配してくれている。

これが記憶を取り戻すきっかけになるかもしれない。

そうでしょう？

「わかったわ」ブライアニーは静かに言った。「出発するまで、あなたの家に泊まるわ」

5

ラファエルはブライアニーを抱きかかえて彼のペントハウスに連れて帰りたかった。だがいくらそうさせてくれと訴えても、ブライアニーはうんざりしたような顔で、目の周りの青あざぐらいで大騒ぎする必要はないときっぱり言うのだ。

ラファエルは激怒していた。ブライアニーは小柄で、しかも妊娠している。そんな彼女を暴漢が殴りつけた――そう思うと、産科医が子供は無事だと告げても怒りはおさまらなかった。

その一方でラファエルは自分が何をしたいのかわからなくなっていた。知らない領域に足を踏み入れたことだけは確かだ。彼のペントハウスに招いた女性はブライアニーが初めてで、テリトリーを侵されたような気がしていた。

「食事をここに運ばせるかい?」ブライアニーをソファーに座らせると、ラファエルは尋ねた。

「そうしてくれると助かるわ、ありがとう」

彼女の顔に疲労が色濃く出ているのを見て取ると、ラファエルは顔をしかめた。「疲れただろう」

ブライアニーはけだるげにうなずいた。「この数日はいろいろとあったから」

ラファエルは罪悪感にさいなまれた。彼はブライアニーにひどいことばかりしてきた。彼女ははるばるニューヨークまでやってきたのに、物事は悪いほうに向かう一方だ。

だが、ラファエルはすぐにそんなふうに思う自分に腹を立てた。なぜぼくは罪悪感を抱かなきゃならないんだ？　何も覚えていないのに。思い出すように努力だってしたじゃないか。彼は毎晩寝るときに、朝になったら何もかも思い出せることを祈っていた。そうすれば記憶のないときに、ばかなことをしでかしたのではないかと心配しなくてもよくなるからだ。わずか数週間のうちに恋に落ちるなどというばかなことを。それにしても、自分がそんなことをしたとはいまだに信じられなかった。

そうだ、罪悪感を抱く必要はない。ぼくのせいだとはかぎらないのだから。だが、彼女を動揺させたのはぼくの責任だ。そのせいで彼女はオフィスを飛び出していき、ひったくりに襲われてしまった。

ラファエルは彼女から目を離さずに電話を取り上げ、料理を注文した。ブライアニーはすでに眠ってしまったようだった。ラファエルは彼女のおなかに目をやり、食事が来たら起こすことに決めた。きっと朝からまともな食事をしていないだろう。

ラファエルはソファーの隣の肘掛け椅子に腰を下ろし、彼女に話しかけた。「料理を待っているあいだに何か飲む？」

ブライアニーは重たそうにまぶたを開けた。「ジュースはある？　なんだか頭がくらくらするの」

ラファエルはぱっと立ち上がった。

「どうして今まで黙ってたんだ？」

「早く静かな場所でゆっくりしたかったのよ。あんなに大勢の人がそばにいたら、落ち着こうにも落ち着けないわ」

ラファエルはキッチンに行き、冷蔵庫からオレンジジュースを取り出すと、居間に戻った。

そして今度は彼女の隣に座り、グラスを手渡した。彼女はすぐに飲みほし、グラスを彼に戻した。

「ありがとう。これでよくなるわ」

「いつも頭がくらくらするのか？　それとも今日はいろいろあったから疲れただけ？」

「低血糖症の予備軍なの。ときどき血糖値が急激に下がってしまうのよ。妊娠していることもそれを悪化させる一因ね。だから、きちんと食べなければ意識を失って倒れてしまうかもしれないの」

ラファエルは心の中で悪態をついた。

「誰もいないときに倒れたらどうするつもりだ？」

「だから、倒れないように気をつけるのよ」

ラファエルは眉をひそめて腕時計を見た。料理を注文してからまだ五分しか経《た》っていなかった。

「わたしなら大丈夫よ、レイフ。祖母は糖尿病だから、血糖値が急激に上がったり下がったりしたときはどうすればいいのかわかっているわ」

ブライアニーの口から友人しか使わないレイフという名前がさらりと出てきた。いくどとなくその名前で呼びかけたかのように、ごく自然に。

彼は自分のうなじに手をやり、顔をそむけた。なぜ覚えていないんだろう？　ブライアニーが言うとおりベッドをともにした関係だったとしたら、なぜ彼女を記憶から追い払ってしまったのだろう？

ブライアニーは靴を脱ぐと、片脚を折り曲げて体の下に敷き、クッションに顔をすり寄せた。ラファエルは本物の恋人同士のような気がしてきたが、それでもやはり恋に落ちてひとりの女性と四週間も一緒に過ごしたとは信じられなかった。もちろんデートはしたことがあるし、女性と関係を持ったこともある。だが彼のペントハウスに女性を招いたことはなく、ひと晩ともに過ごすときは、いつも自分のホテルを使っていた。世の男たちが愛する女性に見せるようなやさしい心づかいをしたことがなかった。

なのにブライアニーが顔を上げ、目が合うと、彼の胸は締めつけられた。こんな気持ちになるのは初めてだった。彼女は疲れていてはかなげに見える。まるで……慰めを必要としているかのように。

まったく、なんてことだ。

「レイフ、わたし、ハンドバッグを盗まれちゃったわ」ブライアニーは弱々しい声で言った。

ラファエルはうなずいた。警察が病院に来て、供述を取ったが、犯人を見つけられるかどうかは疑わしかった。

「何もかもあっという間に起こったから……。気づくと、病院にいて」ブライアニーが不安げに手を振り上げ、彼はますます彼女を慰めたくなった。

「何を心配しているんだ、ブライアニー？」

「クレジットカードを止めなきゃ。銀行のカードも。運転免許証も入っていたのよ。どうやって家に帰ればいいの？　身分証明書がなければ、飛行機にも乗れないし」

ラファエルは彼女の肩に手をまわした。「心配する必要はないよ。連絡しなければならない電話番号はわかる？」

ブライアニーはうなずいた。「インターネットで調べられるわ。ノートパソコンを持っている？」

「ぼくはいつでもインターネットにつなげられるようにしている」

「島にいたときのあなたはそうじゃなかったわ」

ラファエルは額にしわを寄せた。「そんなことはありえない。ぼくはいつでもネットを使えるようにしている。仕事があるからね」

「連絡は取っていたわよ。でも、電話やメールは朝か夜にしてた。昼間、島を散策しに行くときは、携帯電話をわたしの家に置いていったもの」

ラファエルはため息をついた。「だからきみの話を信じられないんだ。ぼくはそんなことは絶対にしない人間だ」

ブライアニーは口をへの字に曲げ、肩に置かれた彼の手を払うように体を離した。

ふたりのあいだに気詰まりな空気が流れた。ラファエルは立ち上がり、ブリーフケースの置かれたところに行き、ノートパソコンをことさらゆっくりと取り出した。そうやって時間を稼いでいるあいだに、ブライアニーにあやまりたいという衝動をどうにか抑えつけた。

ラファエルはしばらくしてからようやくソファーへと戻り、ノートパソコンを彼女の隣に置いた。

「カードを無効にして、新しいのを発行してもらうのに何か問題があったら知らせてくれ」

「でも、運転免許証がないのに、どうやって家に帰ればいいの？」

「ぼくがきみを家まで送っていくよ、だからもう心配するな。お祖母《ばあ》さんに電話して出生証明書のコピーを送ってもらうことはできるかい？　コピーがあれば、飛行機には乗れると思う」

「あなたの自家用機で帰るわけにはいかないの？　あ……ごめんなさい」彼女は言ってしまったことを恥じるように口をつぐんだ。

「自家用機は何台か持っているが」

ブライアニーは懇願するように彼を見つめた。「だったらそれで帰りましょうよ。自家用機なら身分証明がなくても乗れるでしょう？」

ラファエルは咳払《せきばら》いした。「ぼくは事故以来、小さな飛行機に乗ることが怖くなったんだ」

ブライアニーは顔をゆがめた。「わたしったら、無神経なことを言ってしまったのね。ごめんなさい。でも、この旅では不愉快なことばかり起きたから」

「そうだろうな」ラファエルはつぶやいた。

彼女がキーボードを叩《たた》きはじめると、ラファエルはソファーの背もたれに寄りかかり、ぼんやりと考えた。

ブライアニーは嘘《うそ》を言っていない。一緒にいると、ますますそんなふうに思えてくる。それが到底信じられない話だとしても。ブライアニーが真実を告げているとしたら、ぼくは彼女だけでなく、おなかの子供のことも考えなければならない。そう、ぼくの子供なのだから。

6

「わたしの家で過ごした夜を思い出すわ」ブライアニーはシーフード料理にフォークを刺した。

ラファエルはフォークを持った手を止めた。およそ自分らしくない話を聞かされるのはもううんざりだった。だが、ブライアニーは彼の心を察したようにそれ以上何も言わずに顔を伏せた。

とはいえ、ラファエルは好奇心もそそられていた。ぼくと彼女のあいだにはたしかに何かがあった。失った記憶を取り戻すには彼女が鍵なのだ。

ラファエルはさりげなく尋ねた。「ぼくたちは何をして過ごしたんだ?」

ブライアニーは窓の外の夜空に目を向けた。「デッキで夕食をとったあと、わたしはあなたの膝の上に頭をのせながら波の音に耳を澄ませ、星が輝く夜空を眺めたの」彼女の声はかすれた。「それから部屋に戻って愛を交わしたわ。それがベッドルームだったこともあったけれど、そうじゃないときもあった」

彼女のうっとりしたような声にラファエルの体は激しく反応した。彼女が語った光景が頭に浮かび、下半身がかっと熱くなったのだ。

ふいに彼の目の前に横たわるブライアニーの姿を想像するのがそれほどむずかしいことではなくなった。肌を唇で愛撫《あいぶ》されると、ブライアニーは彼の体にしがみつき、やがてふたりは至福のときを迎え……。

ラファエルは体中の筋肉が張りつめているのに気づくと、首を振った。彼の体はブライアニーを今すぐベッドに連れていき、名前さえ忘れてしまうほど激しく愛してやれと叫んでいる。

だがそんなことをしたら、彼女はきっとそれも実験だと思うだろう。さっき彼は、キスはただの実験にすぎないと認めてしまったのだから。

実験。

ラファエルは笑い出しそうになった。あれほど激しい欲望を感じていたのに、彼女を実験の材料として見ていたというのか？

ふたりのあいだには激しい化学反応が起こる。それは認めざるをえない。もしかするとブライアニーにすっかり心を奪われて、彼の常識はすべて吹き飛んでしまったのかもしれない。とはいえ、何かの書類にサインをしてしまうような愚かなまねだけはしなかったらしいが。

ブライアニーにはなんとしてでも協力してもらわなくてはならない。リゾート施設の建設をやめるわけにはいかないからだ。すでに多くの人々から資金を集めてしまったし、計画の段取りも整い、着工が迫っている。こんなときにブライアニーに契約違反だと騒がれるわけにはいかない。

ブライアニーがふと顔を上げ、ラファエルの顔をまじまじと見つめた。彼は居心地が悪くなり、そんな気持ちをごまかそうとして見つめ返した。そのとたん、ブライアニーの黒い瞳に欲望を刺激され、頬やふっくらした唇を指でたどり、その感触を味わいたくなった。最初にブライアニーに出会ったときもこんな気持ちになったのだろうか？

「どうしてわたしを見つめているの？」ブライアニーはささやくように言った。

「きみがきれいだからだよ」

ブライアニーは顔をしかめた。

「わたしはあなたのタイプじゃないんでしょう」

「ぼくが言いたかったのは、きみはぼくがいつもデートするようなタイプの女性じゃないということだ」

「つまりセックスの相手ってことでしょう?」彼女は皮肉っぽく言った。「でもわたしたちはしたのよ。数えきれないほどたくさんね。あなたは何度も何度もわたしを求めた。あれが演技だとしたらあなたは相当な役者よ。だからわたしがタイプじゃないと言ったのは嘘《うそ》としか思えないの。まあ、あなたにとってセックスの相手は誰でもいいって言うのなら話は別だけど」

ラファエルは自分が侮辱されたことがわかったが、怒りにきらめく彼女の目があまりに美しく、何も言い返すことができなかった。

「女はベッドの中で演技することができるわ。でも男性は? 下半身が言うことを聞いてくれないのなら、それはむずかしいんじゃないかしら」

「わかったよ」ラファエルはつぶやいた。「ぼくはきみに性的な魅力を感じてる。それは認めるよ。ぼくのいつもの女性の好みとは違うがね」

「わたしと寝たことは認めたにしても、おなかの子供はどうなの? あなたの子だと認めるの?」

「ああ」彼は歯をきしらせた。「その可能性は否定できない。でも記憶を取り戻すか、あるいはDNA検査をするまでは完全に信用するわけにはいかない。ぼくはおめでたい人間じゃないからね」

ブライアニーはもう一度彼を叩《たた》いてやりたいと言いたげに口をゆがめたが、やがてつぶやくように言った。「あなたに認めようという気持ちがあるのなら、わたしも協力するわ」

「ぼくたちが一緒に過ごしているとき、きみはいつも……その、そんなに威勢がよかったのか？」

ブライアニーは眉を上げた。「どういう意味？」

「ぼくの好きな女性はもっと……」

「頭が悪い？」彼女は挑むように言った。

ラファエルは顔をしかめた。

「弱々しい？　臆病？　それとも柔順とか？　あなたが何か言うたびに、はい、そうですねって言ってうなずく女性がタイプなの？」ブライアニーはそう言うと、これからひねりつぶそうとしている害虫を見るような目を彼に向けた。

ラファエルはこれ以上墓穴を掘らずにいるのは何も言わないことだと気づき、口をつぐんだ。

ブライアニーはうつむいてフォークを置き、それから再び顔を上げた。驚くことに彼女の目には涙がたまっていた。ラファエルの喉は詰まった。なんてことだ。彼女を二度と動揺させたくなかったのに。

「わたしがどれほどつらい思いをしているのかわかる?」ブライアニーの声はかすれていた。「わたしを手ひどく裏切った男性と対決するつもりでわたしはここに来たわ。あのときはあなたときっぱり別れることしか考えていなかった。それなのにあなたは記憶をなくしたなんて言い出したのよ。いったいどうすればいいの? わたしはあなたに裏切られたわけじゃないかもしれない。でもそう考えるのは死ぬほど怖いわ。また裏切られるんじゃないかって疑わずにはいられないから。とにかく、わたしはあなたが記憶を取り戻すまでどうすることもできない。だけど、もううんざりなの」

ラファエルはただ黙って彼女を見つめることしかできなかった。

「でもだからといって逃げ出すわけにはいかない。わたしはあなたが逃げ出したと思って責めていたんですもの。それに、心のどこかで明日にでもあなたの記憶が戻り、わたしを愛してくれていたことを思い出すかもしれないと思ってしまうのよ」

ブライアニーは皿を押しやって顔をうつむけ、話を続けた。

「だけど希望にしがみついていたら、あなたに裏切られたと思っていたころよりも、もっと愚かなあやまちを犯してしまうかもしれない。今はおなかの赤ちゃんの心配もしなければいけないのに」

ラファエルは気づくと、ブライアニーを抱き寄せていた。彼女に触れて慰めを与えずにはいられなかった。彼女の顔に浮かんだ苦悩があまりに生々しかったからだ。

彼はブライアニーの髪のにおいを吸い込み、それが記憶を呼び覚ましてくれないことにがっかりした。嗅覚は過去を思い出す最も強い引き金になるのではなかったか？

ブライアニーは彼の腕の中で身をこわばらせていたが、少しずつ緊張を解いていった。手を彼の胸に置き、頬を肩にのせている。

ラファエルは彼女の頭のてっぺんにキスすると、髪に唇を滑らせた。こうするのが何よりも自然なことに思えた。いつもの彼だったらこんな親密なしぐさは絶対にしない。だが、体がずきずきうずくほどブライアニーをやさしく慰めたかった。

「悪かった」ラファエルは心からそう言った。彼のせいでブライアニーが傷ついたのだと思うと、なんともやりきれなかった。

「しばらくこうしていて」ブライアニーはささやいた。「何も言わずに」

ラファエルは彼女の髪をそっと撫《な》でながら、しばらくそのままでいた。沈黙が流れ、ラファエルはそれがどうにも落ち着かなかった。彼の肩にブライアニーのやわらかな髪がかかり、脇腹には少しばかりふくらんだ彼女のおなかが触れている。

これは現実なのだろうか？　現実だとしたら、なぜぼくは全速力で逃げ出そうとしないのだろうか？

終生の誓いを交わすことに恐怖を感じているわけではないし、過去に苦い経験をして、女性に傷つけられることを恐れているわけでもない。

だが、これまでひとりの女性と深いきずなを結んだことはなかった。そういう関係におちいった男は思いのままに生きていくことはできない。ひとりでは物事を決められなくなるからだ。ラファエルは誰にも相談せずに決断することに慣れていた。

三人の友人たちと協力し合ってビジネスを成功させたのも、ただのまぐれではなかった。膨大な時間を費やしたのだ。毎晩夕食までに家に帰れるか心配していたら、それほど多くの時間を仕事にかけられなかっただろう。

ゆっくり休むひまはほとんどなかったが、それでも年に一度はライアンとデヴォンとキャムに会い、ゴルフをし、酒を飲み、決まった女性がいたらできないようなこともしてきた。

要するに、そういうことと引き替えにしてもいいと思わせる女性がいなかったのだ。たった四週間のうちにそう思わせる女性と出会ったなんてどうにも信じられなかった。

とはいえ、どんなことにも〝ひょっとしたら〟ということはありえる。

ラファエルは腕の中で安心しきったように体を丸めている女性を見つめた。ブライアニーの何かが彼を惹《ひ》きつけてやまないのだ。これほどまでの欲望を抱いたことは今までない。

いつもだったらそんな自分にぞっとするだろう。いや、ぞっとするべきなのだ。ラファエルは気づくと、彼女が話したことをすべて思い出すよう祈っていた。ふいにそれがとてつもなく魅力的なことに思えてきたからだ。

そして、そんな自分におびえるのだった。

7

「ラファエル、ラファエル、起きて！　早く！」

ラファエルは驚いて目を覚まし、体を起こした。身支度をすっかり整えたブライアニーがベッドの脇でぴょんぴょん飛び跳ねている。

「いったい何があったんだ？」

ブライアニーはにんまりとほほ笑んだ。

ラファエルはベッドの脇に置かれた時計を見た。「まだ早朝じゃないか！」

「雪が降っているのよ！」

ブライアニーはそう言うと、ラファエルの手をつかんで引っ張った。彼の腰から上掛けが滑り落ち、ふたりは目をそこに向けたとたん、凍りついた。ラファエルは遅まきながら裸で寝てしまったことを思い出した。なんとも気恥ずかしいことに、彼の男の証《あかし》は存在を誇示している。

彼は上掛けを引っ張って戻した。ブライアニーはあとずさり、身を守るようにめくれ上がっていたセーターを下に引っ張った。

「ごめんなさい。わたしひとりで行くわね」

彼女が背中を向けると、ラファエルはあわててシーツを体に巻きつけ、ベッドを飛び出した。

「ちょっと待ってくれ。いったいどこに行くつもりだ?」

ブライアニーの目は再び興奮を抑えきれないようにきらきら輝いた。「もちろん、外に行くのよ。だって雪が降っているのよ!」

「雪を見るのは初めてなのか?」

ブライアニーはこくりとうなずいた。

「本当に?」

彼女は再びうなずいた。「だってわたしはガルベストン湾の島に住んでいるのよ。雪なんか降ったことがないもの」

「雪が降るところに旅行したこともないのか?」

彼女は肩をすくめた。「島を離れることはあまりないの。祖母の面倒をみなくてはならないから」

ブライアニーは雪が今にも消えてしまうのではないかと案じているように窓の外をちらちら見た。

ラファエルはため息をついた。「五分だけ待ってくれ。着替えるから。ぼくもきみと一緒に行くよ」

彼女はぱっと顔を輝かせると、踊るような足取りでベッドルームを出ていった。

ラファエルはシーツをゆっくりと体から引きはがし、下半身を見つめた。そして「裏切り者」とつぶやく。

それから急いでバスルームに行って顔を洗い、ひげがうっすら生えた顔を鏡で見て、顔をしかめた。彼は身支度をきっちり整えずに部屋を出たことがなかった。それなのにシャワーを浴びる時間すらないのだ。とはいえ、あの浮かれようだとブライアニーはもう外に出て雪の中でダンスを踊っているかもしれない。

彼は歯を磨くと、クロゼットに向かい、ズボンとセーターを取り出した。そこでふと、彼女が雪を見るのが初めてなら、雪で遊ぶのにふさわしい服も持っていないかもしれないと思い、スカーフとキャップを一番上の棚から取った。それからコートを着ると、ベッドルームを出た。

ブライアニーは居間の窓に顔をすり寄せ、大きな雪がひらひら舞い下りるのをうれしそうに眺めている。

「ほら」ラファエルはぶっきらぼうに言いながらスカーフとキャップを差し出した。「外に行くなら、温かい格好をしなきゃだめだ」

ブライアニーはスカーフとキャップをきょとんと見つめた。彼はスカーフを彼女の首に巻きつけた。「スカーフをどうやって身につければいいのかもわからないんだろう」

ラファエルはキャップもかぶせてやった。ブライアニーの姿はなんともかわいらしかった。ラファエルはばかなことをしてしまうまえに、ブライアニーに背を向けた。「さあ。雪が待ってる」

ブライアニーはアパートメントの建物のまえの庭に足を踏み出した。驚くことにそこには誰もいなかった。こんなすてきな日にどうしてみんな家の中にいるのかしら？　雪が鼻の上に落ちてくると、ブライアニーは空を見上げた。すると頬やまつげにも雪がひらひらと落ちてきた。彼女は笑い声をあげながら、両腕を広げてくるくるまわった。

それからせっせと雪をかき集めて大きな雪玉を作った。そして振り返り、ラファエルに向かってにやりと笑う。彼は警告するように片手を上げた。

「やめ……」だが彼が言い終わらないうちに、彼女の投げた雪玉がラファエルの顔に命中した。

ラファエルはにらみつけたが、ブライアニーはくすくす笑いながら次の雪玉を作りはじめた。そして再び投げつけようと振り返ると、ラファエルが放った雪玉がぴしゃっと頬に当たった。

ブライアニーはにやにやしながら尋ねた。「あなたも雪遊びをしたくて仕方ないんでしょう？」

彼は顔をしかめた。「遊んでなんかいない。仕返ししただけだ。さあ、もう部屋に戻ろう。もう雪は充分見ただろう。ここは寒いから」

「雪が降っているのよ。寒いのはあたりまえだわ」

彼女はそう言うと、また雪玉を投げつけてきた。ラファエルは頭をひょいと下げてそれをかわした。ブライアニーは生け垣の後ろにまわって、雪玉を作った。そして生け垣からちらりと顔を出すと、ラファエルが投げた雪玉が眉間に当たった。

「雪の中で遊んだことがない人にしては、雪合戦が上手ね。ところで、ねえ、ラファエル、わたしはあなたが堅苦しい態度をとるのをやめさせたことがあるの。今もそうするつもりよ」

ラファエルはとまどったように目を細めた。彼女はその機を逃さず、彼の顔を再び雪で白く染めた。

ラファエルは目から雪を払いながら、決然とした足取りで彼女のほうに向かって歩いてくる。

ブライアニーはあとずさったが、狭い庭に逃げる場所はなかった。彼から逃れるには建物の中に入るしかない。そうやって彼女を追い立てて建物の中に入れるのが、ラファエルの作戦なのだろう。ブライアニーはそこに踏みとどまって戦う覚悟を決めた。

彼女は雪をかき集め、彼に向かって雪玉を次々と投げた。ラファエルは頭を振って雪玉をよけていたが、やがてあきらめたようにうめくと、ベンチの上の雪を集め、すばやく彼女に投げつけた。

ラファエルの腕前は見事だった。ブライアニーは六発立て続けに雪玉を当てられたあと、両手を上げて叫んだ。

「降参よ！」

「信用ならないな」ラファエルは疑わしげに言った。

ブライアニーは無邪気そのものといった笑みを浮かべ、手をさらに上に掲げた。「あなたの勝ちよ。だんだん寒くなってきたわ」

ブライアニーが体を震わせると、ラファエルは彼女に歩み寄り、心配げに言った。「すぐに部屋に戻ろう。そんな格好じゃ寒いに決まってる。冬用の服は持ってこなかったのか?」

　ブライアニーは首を横に振った。

「だったら買いものに行こう」

「いらないわ。わたしたちはこの季節でも暖かいムーン・アイランドに行くんですもの」

「でも、こうしているあいだにもきみは凍えてしまうぞ。コートは必要だ。誰かに買いに行かせるよ。どんなのがいい？　毛皮か、それとも革？」

「ふつうのがいいわ。高価じゃないシンプルなコートが」

　ラファエルはこれ以上ブライアニーにきいても無駄だとばかりに手を振った。「手配するよ」

　ブライアニーは肩をすくめた。「好きにして」

「ドアマンにきみたちが外で雪遊びをしていると言われたとき、本物のラファエルは宇宙人に誘拐されたんじゃないかって思わずきき返したよ」

　ブライアニーとラファエルが同時にぱっと振り返ると、デヴォン・カーターが建物のドア近くの街灯に寄りかかって立っていた。

「いったいここで何をしているんだ?」ラファエルはそう言いながらブライアニーの手をつかんだ。

デヴォンは片方の眉を上げた。「おまえとブライアニーの様子を見に来たんだ。昨日、ちょっとした事件が起こったって聞いたものでね」

ブライアニーは空いている手で青あざのできた目を押さえた。怪我《けが》をしたことをすっかり忘れていた。

「見てのとおり、彼女は大丈夫だ」ラファエルが答えた。

「本当はおまえの様子を見に来たんだ」デヴォンはにやりとした。「ブライアニーは自分の面倒は自分でみられる女性のようだからな」

ブライアニーは気まずくなって咳払《せきばら》いした。デヴォンは彼女の心配はしていない。心配しているのはラファエルのことだけだ。彼女はラファエルに握られた手を引っ込めた。

「わたしひとりで先に戻るわね。部屋の鍵は開いているかしら?」

ラファエルはコートのポケットからカードキーを取り出した。「エレベータに乗るとき、これが必要だ」

ブライアニーはそれを受け取ると、デヴォンに小さく手を振ってからドアのほうに歩いていった。

ラファエルは友人に顔を向けた。

「いったいどういうつもりだ?」

デヴォンは肩をすくめた。「本当に様子を見に来ただけだ。この二日間でおまえはいろいろなことを聞かされただろう。どう対処しているのかと思ってさ。それに何か思い出したのかもききたかった」

ラファエルは肩でデヴォンをドアのほうに押しやった。「とにかく中に入ろう。ここは寒いからな」

ふたりはアパートメントの建物のロビーの隣にあるコーヒーショップに入った。

「今のところ、なんとかうまくやってる」ラファエルはテーブル席に腰を落ち着けると、再び口を開いた。「だからぼくのことは心配しなくてもいい」

デヴォンはため息をついた。「わざわざ島に行くなんて正気の沙汰じゃないとぼくが思っていてもか？　いいか、レイフ、おまえの子を妊娠していると言い張ってる女性と一緒に行くのが本当にいい考えだと思っているのか？　まず弁護士に電話し、それから親子鑑定検査を受けて、その結果を待つのが賢明な策だと思うが」

ラファエルはデヴォンをじろりと見た。「それからどうするんだ？」

「まあ、それは検査の結果しだいだな」

ラファエルは首を振った。「検査の結果が出るまで弁護士の陰に隠れて待っていたら、ぼくは彼女の言うことをまったく信じていないことになる。そんなことをしたら、彼女とのあいだに大きな溝ができるだろう。もしおなかの子がぼくの子だったら、どうやってその溝を埋めればいいんだ？　ぼくはもう耐えがたい苦しみを彼女に与えてしまったんだぞ」

デヴォンは息を吐き出した。「どうやら彼女の言っていることは正しいと決めてしまったようだな」

ラファエルは髪をかきむしった。「何が真実なのかわからないんだ。ぼくがたった数週間のうちに彼女に骨抜きにされるなんてありえない。そんな自分の姿は想像さえできない」

「でも……？」

「でも、ぼくとブライアニーのあいだには間違いなく何かがあると直感が訴えているんだ。彼女に触れると……自分がまったく別の人間になったように感じる。ぼくたちが海辺で愛を交わしたと彼女が言ったとき、その声に真実が込められているように思えた。ぼくはそのとき、彼女を信じたよ。いや、信じたいと思った」

デヴォンは口笛を小さく吹いた。「彼女のことを本当に信じているんだな」

ラファエルは息を吸った。「理性は、ブライアニーは嘘《うそ》をついていると言っている」

「でも？」

ラファエルはため息をついた。彼はいつも理屈ではなく、直感に頼ってきた。それであやまちを犯したことは一度もなかった。

「直感は、彼女は嘘を言ってないと告げている」

8

「具合はどうだい？　本当に旅行しても大丈夫？」ラファエルは夕食の席でブライアニーに尋ねた。

彼女は舌鼓を打っていたステーキから顔を上げた。ラファエルが心配そうに目の青あざを見ている。

「問題ないわ」

「出発するまえに産科医にもう一度みてもらったほうがいいんじゃないのか？」

「それであなたの気が楽になるなら、島に着いたらすぐに医者にみてもらうわ。でも、旅行なら大丈夫よ。片づけなきゃならない仕事があるんだったら、わたしがひとりで先に帰ってましょうか？」

ラファエルはフォークを置いた。「いや、一緒に行こう。肝心なのは、島に着いたらまえに滞在していたときと同じ行動を取ることだ。同じことをして、同じ光景を見たら、記憶が戻ってくるかもしれないから」

ブライアニーはステーキを切り、フォークを突き刺した。「あなたの医者はなんて言ってるの？」

ラファエルは見るからに落ち着きをなくし、レストランのほかの客たちから離れた席にいるのに、立ち聞きされたら大惨事が起こるとばかりにあたりを用心深く見まわした。

「医者が言うには、忘れたいことがあるから、その記憶をなくしたそうだ。もしぼくが恋をして幸せだったとしたら、なぜそれを忘れたいなんて思う？　まったくわけがわからないよ」

ブライアニーはフォークをぎゅっと握りしめた。

「きみを傷つけるつもりはないんだが」ラファエルは低い声で続けた。「わからないことだらけなんだ。島に行きたいのは、そこにいたときの自分を思い出したいからだ。きみと愛し合ったという男性は、今のぼくにとって見ず知らずの男なんだよ」

「わたしの愛した人は存在しないかもしれないわね」ブライアニーの声は今にも消え入りそうだった。「あれはただの想像の産物だったのかも」

ラファエルは彼女のおなかに視線を落とした。「想像で子供を作ることはできない。子供がいるのは確かな現実だ」

ブライアニーはふいに食欲がなくなり、皿を押しやった。「子供だけが現実に存在するものではないわ。わたしのあなたへの愛も現実に存在した。でも、あなたはわたしと愛し合うような男ではないときっぱり否定する」彼女は手を膝の上に置き、ぎゅっと握りしめた。「ねえ、教えて、ラファエル。わたしはどちらの男性を信じればいいの？　わたしは好みのタイプじゃないから恋に落ちるはずがないと断定した人？　それとも島にいたときに、毎晩わたしの腕の中にいた人？　いずれにしても、明日記憶が戻ったとしても、わたしと愛し合ったなんて信じられないとあなたに思われたことを、わたしは生涯忘れられないでしょうけれど」

ラファエルは目に後悔の色を浮かべ、途方に暮れたように手を広げた。「ブライアニー、ぼくは……」

彼女は首を振った。「やめて、ラファエル。そんなつもりじゃなかったなんて言ったら、さらに事態は悪くなるわ。少なくともあなたはこれまで正直だった。ただ、犠牲者はあなたひとりではないということを覚えていてほしいの」

「すまなかった」

ラファエルはそう言うと、テーブルの上の彼女の手の上に手を重ね。親指で関節をそっと撫《な》でた。

「本当にすまなかった。ぼくはきみがどれだけつらい思いをしているのかわかっているつもりだ。どうか許してくれ」

ラファエルの思いつめたまなざしにブライアニーの胸は締めつけられた。すぐにでも彼の胸に飛び込んで、愛していると言い、もう二度とひとりにしないでほしいと懇願したかった。だが、彼女は胸にやるせない思いをくすぶらせたまま彼を見つめ、一番不安に思っていることを問いかけた。

「もし思い出さなかったらどうするの?」

「わからない」ラファエルは正直に答えた。「そうならないことを祈るばかりだ」

ブライアニーは椅子の背もたれに寄りかかり、彼の手の下から手を引き抜いた。胸がずしりと重くなったが、それでも場の空気をやわらげるために無理に笑みを浮かべて尋ねた。

「ねえ、あなたは島に何を持っていくつもりなの?」

ラファエルは突然話題が変わったことに驚いたような顔をしたが、それでも返事をした。

「まだ荷造りしていないんだ」

「明日の朝、出発するのに、まだ荷造りしていないの?」

彼はしかめっ面になった。「何を持っていけばいいのかわからないんだ。きみは水着とかビーチサンダルとか言ってたけど」

胸がいくらか軽くなり、ブライアニーは笑い声をあげた。「まだ泳ぐには寒すぎるわ。空気は暖かいけれど、水は冷たいの。でもショートパンツやビーチサンダルなら向こうで買えるわ。まえに来たときもあなたはそうしたのよ」

「きみを信じるよ」ラファエルはつぶやいた。「ぼくがそんな格好をしていたと、そこまできっぱり言うのなら。ただあまり人目につく格好はしたくないんだ。目立ちたくないんだよ。ぼくの問題は……できるだけ秘密にしておきたいから」

「ええ、そうね」

ラファエルは椅子の背にもたれかかった。それからジャズのナンバーをやわらかな音色で演奏するバンドに目をやり、もの思わしげな顔を彼女に向けた。「ぼくたちは踊ったことがあるのか？」

ブライアニーは意外な質問に驚き、無言でうなずいた。

彼は立ち上がり、手を差し出した。「だったら、踊ってくれないか」

彼のハスキーな声にぼうっとなり、ブライアニーは手を彼の手に重ねて立ち上がった。そして導かれるままにダンスフロアに歩いていった。ラファエルは彼女の背中に手をまわし、体を引き寄せた。

ブライアニーはうっとりと目を閉じた。彼の体温に包まれ、彼の吐息が鼻をかすめている。彼女はラファエルのにおいが体の隅々まで届くように息を深々と吸った。

言葉では言いつくせぬほどラファエルが恋しかった。最悪の事態を想定して彼を憎んだときでさえも、夜になると、波の音を聞きながら愛を交わしたことを思い出し、眠れぬ夜を過ごしたのだ。

ふたりは情熱的なメロディーに合わせて踊った。ラファエルはブライアニーをしっかりと抱き寄せている。まるで世間に向かって彼女は自分のものだと宣言しているかのように。

ブライアニーは首をかしげ、ラファエルの顔を見上げた。すると彼は愛《いと》おしげに彼女の手首を親指でそっと撫でた。

「きみは謎めいた人だ、ブライアニー」

彼女は眉を上げた。「謎めいた？」

「なぞなぞとかパズルみたいだ。このところ、ぼくにはわからないことが多いが、きみもそのうちのひとつだ。きみのことは何も覚えていない。でも、きみに触れるたびに……」

ラファエルのささやき声に愛撫《あいぶ》されたように、ブライアニーの背筋に震えが走る。「ぼくたちは……」

「ぼくたちは？」

ラファエルはふさわしい言葉を探して、考え込むような顔になった。それからため息をつき、彼女を見つめた。

「しっくりなじんでいるように感じるんだ。どうしてそう思うのかはわからない。でも、一緒にいるのがごく自然なことに思える」

ブライアニーの胸の鼓動は期待に速まった。彼から記憶喪失にかかったという荒唐無稽な話を聞かされてから、初めて持てた希望だった。気づくと、頰が痛くなるほど大きな笑みが顔に広がっていた。

「たったひとつの言葉できみがこれほど喜んでくれるなんて驚いたよ」

「わたしたちはしっくりなじんでいるわ」ブライアニーはそう言うと、爪先立ちになっ彼の顔を両手で包み込み、そっとキスした。

彼女は軽い愛情表現のつもりでそうした。かつてふたりが分かち合ったものを感じ取ってほしかったし、ふたりがしっくりなじむことを確認してほしかった。だが、ラファエルはそこでやめるのを許さなかった。

彼はブライアニーのうなじに手を当て、もう片方の手を彼女の腰にまわして、唇が同じ高さになるまで体を引き上げた。

まるで離れていた時間などなかったかのように、彼のキスにためらいはなかった。けれど、いつもとはどこか違うことにブライアニーは気づいた。情熱的で官能的なだけでなく、真摯な心が込められていて……かぎりなくやさしい。

記憶をなくして彼女を傷つけたことや、誤解や疑念を生じさせたことを心からわびているようなキスだった。ブライアニーは彼の唇の下でため息をついた。悲しみと喜びが同時に心に渦巻いていた。

ラファエルはようやく顔を離すと、彼女を床に下ろし、顔を手で包み込んだ。「ぼくの心のどこかはきみを覚えている、ブライアニー。きみにキスすると、家に帰ったように感じるんだ。それにはきっと何かしら意味があるはずだ」

ブライアニーはうなずいた。気持ちが高ぶって喉が詰まり、何も言えなかった。何度か深呼吸したあと、ようやく口を開いた。「きっと記憶を取り戻す方法を見つけられるわ、レイフ。わたしは簡単にあなたをあきらめるつもりはないから。あなたに利用されたのかもしれないと疑ったときは、もう二度と会いたくないと思った。でもあなたが記憶を失ったと知ってしまったからには、戦わずにあきらめることなんかできない。わたしがどうにかして思い出させてあげる。あなたの幸せだけじゃなくて、わたしの幸せもかかっているのだから」

ラファエルはほほ笑み、親指で彼女の頬を撫でた。「きみは勇敢だ。心を惹《ひ》かれずにはいられない。会った瞬間からきみに夢中になったのもわかるような気がしてきたよ」

彼はそう言うと、身をかがめて彼女にキスした。

「ぼくは記憶を取り戻したい。きみにもそれを手伝ってほしい」

「あなたの記憶は戻るわ」ブライアニーはきっぱり言った。「力を合わせて一緒にがんばりましょう」

9

ヒューストンに戻る飛行機はニューヨークに向かう飛行機よりもずっと居心地がよかった。行きの飛行機はフットボール選手のような大男に挟まれてずっと身動きが取れなかったのだ。

ブライアニーはラファエルとともにファーストクラスの一番前の席に座っていた。飛行機が飛び立つと、彼女は気兼ねなく背もたれを倒した。そのおかげでヒューストンに着くころには、体の疲れもだいぶ取れ、車を運転して家に帰る気力も戻ってきた。

だが、ラファエルはそれに反対した。ブライアニーは手荷物受取所で荷物が出てくるのを待ちながら抗議した。「わたしの車は空港に置いてあるのよ。だったら運転して帰るのがあたりまえじゃない。それに車がなかったらわたしはどうすればいいの？　島の生活に車はかかせないのよ」

荷物が運ばれてきてカートに積み終わると、ラファエルはため息をついた。「わかったよ。きみの車で行こう。でも、きみが車を運転するなんていい考えだとは思えないけれどね」

ブライアニーはあきれたように目をぐるりとまわしながら、カートを押すラファエルの先に立って駐車場に向かった。

「駐車場はどこにあるんだ？　こんなに歩いたらガルベストンに着いてしまうんじゃないか？」

「ちょっと離れたところにあるの。でも、外に出ないで行けるわ。駐車場に着いたらエレベータで一番上の階に上がればいいだけよ」

「どうして屋上なんかに車を止めたんだ？」

ブライアニーは肩をすくめた。「空いているスペースを探しているうちに、いつの間にか屋上にいたのよ。どこの駐車場でもそうでしょう」

ラファエルはやれやれと言いたげに首を振り、ふたりは長い廊下を歩き、ようやくエレベータのまえにたどり着いた。屋上まで上がると、ブライアニーはキーを取り出しながら車のほうへと歩いていった。

「まさか……あれがきみの車か？」

ブライアニーは愛車のミニクーパーに目を向けてうなずいた。「そうよ。それがどうかしたの？」

「あんなちっぽけな車にこの荷物とぼくが入ると思っているのか？」

「どうにかなるわよ。ルーフキャリアだってついているんだから」

トランクをカートから降ろし、車の後部座席に積み込むと、屋根まで届きそうになった。

「ほら、入ったわ」彼女は勝ち誇ったように言い、ドアを閉めた。

「座席を後ろに倒すことはできないけれどね」ラファエルはむっつりと言った。

彼がダッシュボードに膝がつくほど脚を折り曲げて座っているのを見ると、ブライアニーは気がとがめた。彼は少しも居心地よさそうには見えない。

「ごめんなさい」彼女はそう言いながら運転席に乗り込んだ。「あなたみたいに脚の長い人がこの車に乗ったことはなかったの」

「赤ん坊が生まれたらどうするつもりだ？」

「もちろん、チャイルドシートをつけるわ」

「どこにつけられると思っているんだ？　もしこんなちっぽけな車で事故にあったら、きみも赤ん坊も助からないぞ」

「これがわたしの車なの、レイフ。だからどうすることもできないのよ。ねえ、ほかの話をしない？」

「ここからどれくらいかかるんだ？」

彼女はため息をついた。「空港からガルベストンまで一時間。そこからフェリーに三十分ほど乗ればムーン・アイランドに着くわ。だから道路が混んでいなければ、二時間もかからずに着くわよ」

三十分後、ふたりは高速道路の渋滞に巻き込まれていた。ラファエルが座席の中で窮屈そうにもぞもぞ動くと、ブライアニーは心の中で悪態をついた。

「あなたの言いたいことはわかってるわ」彼が顔を向けると、ブライアニーは言った。「でもね、ヒューストンでは渋滞が起きるのは日常茶飯事なのよ」

ラファエルは口の端をわずかにつり上げた。「ぼくは空港を出るまえにトイレに行っておいてよかったと言おうとしたんだ」

「妊娠してないことに感謝するのね」

「運転を代わってほしい？」

ブライアニーは首を振った。「膝が顎につきそうな姿勢で運転なんかできないわよ。何か話をしてくれない？　だんだん音楽も耳障りになってきたわ」

ラファエルはしばらく考えてから口を開いた。「きみが何をしているのか教えてくれないか？　仕事をしているのかい？　お祖母《ばあ》さんの面倒をみていると言ってたね。それで手いっぱいなのか?」

「いいえ、祖母はひとりで暮らしているし、自分の面倒は自分でみられるわ。ただ、このところ少し体が弱くなったの。わたしはなんでも屋なのよ。頼まれたことを引き受けるの。そうね、しゃれた名前で呼ぶならコンサルタントっていったところかしら。いろいろな相談を受けるのよ」

「面白そうだな。具体的にはどんなことをしているんだ?」

「週に一回、市長の手紙の整理をするの。市長はおじいさんで、コンピュータが苦手なの。彼は昔ながらのやり方で情報を集めるのが好きなのよ。新聞とか雑誌とか地元のニュース番組とかでね。ケーブルテレビもつけてないのよ、信じられる?」

「それで選挙に勝てたの?」

「わたしたち島の住民は、昔ながらのやり方に寛容なの。もちろん、インターネットとかケーブルテレビとか、現代の便利な道具も使えるわ。でも、大半の住民は最新の技術にうとくても満足しているの」

ラファエルは首を振った。「聞いてるだけで身震いしてきたよ。暗黒時代に暮らしていてどうして幸せでいられるんだ?」

「あら、あなたも楽しんでいたわよ。一週間も携帯電話やパソコンを使わなかったんだから！」

「それは記録ものだな」

「ああ、ようやく車が動き出したわ！」

ミニクーパーはのろのろと動き出した。腕時計を見ると、すでに一時間も経《た》っていた。このぶんでは島に着くころには日もすっかり暮れているだろう。

それでも彼女の心は浮き立っていた。希望を持つのはまだ早いとわかっていたが、それでもラファエルと島でともに過ごした時間をもう一度繰り返すのが待ちきれなかった。

彼に何もかも思い出してほしかった。もし思い出さなければ、昔のようには二度と戻れないだろう。ラファエルは彼女と一緒にいることにどことなく疑問を感じている。恋人同士だったと聞かされても納得がいってないのだ。それを払拭する唯一の希望は彼が記憶を取り戻し、それから……。

「何を考えているんだ？」

ブライアニーは前方の高速道路を見つめながら顔をしかめた。「たいしたことじゃないわ」

「だったら考えないことだ」

ラファエルはそう言うと、驚くことに彼女の豊かな髪のあいだに手を差し入れ、うなじを軽くマッサージしはじめた。

「わたし、なんだかぴりぴりしているみたいなの」彼女はとっさに心に抱える不安を口にしていた。

ブライアニーは唇をかみしめ、黙っていたほうがよかったのかもしれないと思った。だが、昔から思ったことは素直に話すことにしていたのだ。言わずにいるのは彼女の流儀ではなかった。ラファエルにもなんでも包み隠さず話してきた。でも今はなんでもあけすけに言うことにためらいを感じている。彼女はそんな自分がいやだった。

「なぜぴりぴりしているんだ?」

「わたしたちのことを考えると落ち着かなくなるの。もしうまくいかなかったらどうするの?　これが最後のチャンスのように思えるの。あなたが思い出さなかったら、わたしはあなたを失ってしまう」

「ぼくが記憶を取り戻せなくても、子供のことはきちんと考えてやらなければならない。どういういきさつで子供ができたのかを思い出せなくても、ぼくはきみのまえから消えたりしないよ」

「あなたはおなかの中の赤ちゃんが自分の子供だって認めたの?」

ラファエルは肩をすくめた。「その可能性は大いにありうると思っている。そうでないと証明されるまで、ぼくの子供だと思うことにしたんだ」

ブライアニーの胸は高鳴った。「そう言ってくれてありがとう、今のところ、あなたが自分の子供だと受け入れてくれただけで充分だわ」

ラファエルはブライアニーのうなじから手を離し、彼の膝の上に置かれた彼女の手を握った。「ぼくたちのあいだにはたしかに何かがある。ぼくが子供を受け入れたということは、ぼくたちが恋人同士だったということも受け入れたということだ。ねえ、ブライアニー、きみは今もぼくを愛しているのか？」

彼の声には抑えきれない好奇心がにじみ出ていた。だがそれだけでなく、どんな答えを望んでいるのか自分でもわからないというとまどいも感じられた。

「そんな質問、フェアじゃないわ」ブライアニーはか細い声で言った。「わたしたちが昔の関係を取り戻せないかもしれないのに、わたしが何もかもあなたに話すはずはないでしょう。わたしのことを赤の他人だと思っている男性を愛していることを認めるなんて思わないで」

「赤の他人ではないよ」ラファエルは彼女の言葉を正した。「ぼくは、ふたりのあいだには何かあるとずっと認めてきたじゃないか」

「何かだけでしょう。昔のように相手の存在が自分のすべてだと感じてるわけじゃないわ」ブライアニーはつらそうに話を続けた。「愛しているかなんて、もうきかないで。それはあなたが思い出したときにきいてちょうだい」

ラファエルは手を伸ばし、彼女の頬に触れた。「わかったよ」

10

永遠とも思えるほど長い時間を道路で過ごしたあと、ブライアニーはようやく車をフェリーの中に乗り入れた。駐車場に止めると、すぐに彼女の車の二倍はありそうな大きな車に両側を挟まれた。

ラファエルはマッチ箱より少々大きいくらいの車に赤ん坊を乗せることがいよいよ不安に思えてきた。

ブライアニーはドアを開け、外に出た。ラファエルは目を丸くして尋ねた。「いったいどこへ行くんだ?」

彼女は窓をのぞき込み、満面に笑みを浮かべた。

「あなたもいらっしゃいよ。夕焼けがきれいなの。甲板に手すりがあってそこから眺められるのよ」

彼女はあふれんばかりの活気に満ちていた。さらに島に近づくにつれて、ますます元気になっていくようだった。ラファエルはそんな彼女にすっかり慣れ、もう驚かなくなっていた。

彼は車から降り、ずっと曲げていた脚を存分に伸ばした。それから塩辛い海の空気を大きく吸い込んでいると、そよ風が彼の髪を吹き上げた。空気はひんやりしているのに、風は暖かい。

ブライアニーはラファエルの手をつかんで引っ張りながら手すりのほうに歩いていった。ほかの客たちも手すりから身を乗り出して眺めていた。空は金色の光を帯びたピンクと紫に染まり、地平線は燃えるように輝いている。

「きれいでしょう」

ラファエルはうなずいた。

「ああ、本当にきれいだ」

「あまり夕焼けを見たことがないんでしょう?」

「どうして知っているんだ?」

「わたしの家のデッキに座っていたときに、夕焼けをゆっくり見る時間がなかったって、あなたが話してくれたことがあったの。いつも仕事に追われていて、遅くまで働いていたからってね。そのとき、わたしはあなたが島にいるあいだ、何度も夕焼けを見せてあげようと決めたの。今回もそうしなきゃならないみたいね。あら、見て！　イルカだわ！」

　ラファエルは彼女が指さしたほうに目を向けた。すると、灰色のつるつるした体が弓なりになって海から飛び出て、また波の下へと消えていった。

「きっとフェリーを追いかけているんだわ。ガルベストンに行くときには必ずイルカを見かけるの」

　ラファエルは興味を惹《ひ》かれ、じっと海を見つめた。気づくと、彼は指をさして叫んでいた。

「また上がってきたぞ！」

　ブライアニーはほほ笑み、ラファエルの腕に手をかけて抱きしめた。ふたりは体を寄せてイルカを眺めた。

　とはいえ、ラファエルは内心、自分のあまりの変わりように苦笑していた。携帯電話も持たずにフェリーの手すりの前に突っ立ち、彼の子供を宿した女性を腕に抱いてイルカが遊んでいるのを眺めているのだ。ライアンとデヴォンとキャムが心配するのも無理はない。彼らは今ごろ、ラファエルが神経衰弱にかかった場合に備えて病院を探していることだろう。

　彼はブライアニーの頭のてっぺんにキスした。それからため息をついた。実を言うと、島に渡ってブライアニーと一緒に過ごすのが待ち遠しかった。それは記憶を取り戻したいからだけではなかった。

ブライアニーはラファエルの腰に手をまわした。彼女の抱擁は官能をかき立てるのではなく、彼の体を隅々まで温め、心に安らぎを与えてくれた。まるで太陽を抱きしめているかのようだった。

どういうわけかラファエルは彼女の近くにいると心がなごんだ。数日前にはその存在も知らなかったし、理性では絶対に選ばないような女性なのに。

だが、彼が昨日の晩に話したとおり、ブライアニーは彼にしっくりなじむのだ。なぜそう思うのかはわからない。でもどうやら彼はその島で恋に落ち、そのことをすっかり忘れてしまったらしい……。

わかった。それは認めよう。この先何が待ち受けているにしても、心の準備はできている。

ラファエルはブライアニーをぎゅっと抱きしめてから、手をそっと彼女のおなかに滑らせた。彼女の少しばかりふくらんだおなかに触れると、畏敬の念に打たれて胸が熱くなった。

ここにいるのはまぎれもなくぼくの子だ。

ぼくは父親になるのだ。

これまで父親になりたいと思ったことはない。実際、彼は女性とベッドをともにするとき、細心の注意を払っていた。あやまって子供ができてしまうことに恐怖すら覚えていたのだ。

ブライアニーとベッドをともにしたときはわざと避妊をしなかったのだろうか？　子供ができるとは思わなかったのか？　ブライアニーはその可能性を考えなかったのだろうか？

ニューヨークで再会した夜、ブライアニーはぼくが心を傷つけただけでなく、妊娠までさせたと激怒していた。つまり、彼女も子供ができることを想定していなかったということだ。ぼくは必要な予防措置を怠った。それはいったいなぜだろう？

ブライアニーはふと彼の顔を見上げた。ラファエルがキスすると、彼女はほほ笑み、体をすり寄せてきたが、すぐに後悔するようにため息をついた。「もうすぐ着くから、車に戻りましょう」

ブライアニーはヘッドライトをつけてカーブを曲がり、彼女のコテージめざして車を走らせた。家の近くまで来ると、道路に車が数台止まっているのが見えた。

彼女の胸は恐怖にわしづかみにされた。祖母に何かあったのだろうか？　数時間前にヒューストンから電話したときは、祖母は元気そうな声で、早く帰ってきなさいと言っていたのに。

さらに近づいていくと、止まっている車の一台がダニエルズ市長のものだと気づいた。市長がこんなところでいったい何をしているの？

彼女は砂利を敷いた車寄せに車を入れ、エンジンを切った。すると玄関ポーチから祖母が出てきた。後ろにはしかめっ面のダニエルズ市長とサイラス・テーラー保安官もいる。

ブライアニーはあわてて車の外に出た。

「お祖母《ばあ》さん、何かあったの？　大丈夫？」

「わたしなら大丈夫よ。心配かけて悪かったわね。市長と保安官はききたいことがあって訪ねてきたの」祖母は助手席から出てきたラファエルに目を向けた。「わたしたち三人ともあなたにききたいことがあるのよ」

ブライアニーは顔をしかめ、ダニエルズ市長に言った。「今でなくてはだめですか？　長旅だったんです。それに高速道路で渋滞につかまってしまって」

市長は指を立てて振り上げた。保安官はそんな市長の肩に手を置いて言った。「いいか、ルパート。彼女の言い分もちゃんと聞くんだぞ」

した。

「わたしの言い分？」ブライアニーはきき返した。

「建築資材を詰め込んだフェリーが昨日到着した。どうやらきみがトライコープ社に売却した土地にホテルを建てようとしているらしい」市長は責めるようにブライアニーを指さした。

彼女は猛然と首を振った。「何かの間違いです、市長。もし建設の予定がすでに決まっていたら、ラファエルが話してくれていたはずだわ。それに、わたしは土地をトライコープ社に売っていません。ラファエルに売ったんです」

保安官は渋い顔になった。「間違いじゃないんだよ、ブライ。わたしが直接確かめたんだから。許可書を見せてもらったが、法的に問題はなかった。計画書も見せてもらったよ。あそこの浜辺一帯がリゾート地になるらしい」

ブライアニーは口をぽかんと開け、ラファエルを見つめた。不安と失望が込み上げてきて喉が詰まりそうだった。「いったいどういうことなの、ラファエル？」

11

ラファエルは悪態をかみ殺し、責めるようにこちらを見つめる人々に顔を向けた。だが、ブライアニーだけは当惑したようにぼんやりしている。そんな彼女の表情にラファエルの心は痛んだ。

「いったいどういうことですか？」市長はそう言うと、色をなして足を踏み出した。

だがラファエルがにらみつけると、市長はあわてて一歩下がった。

「これはぼくとブライアニーの問題です」ラファエルは淡々と話した。「それに、ぼくたちは長旅で疲れているし、ブライアニーは妊娠しているんだから、彼女の家の前で突っ立って話し合わなくたっていいでしょう」

「しかし――」市長は保安官に顔を向けた。「サイラス、このまま彼を見逃すつもりか？」

保安官はため息をついた。「彼は法に触れることは何もしていないんだ、ルパート。倫理的には問題があるかもしれないが。彼は土地の所有者だから、好きなように使う権利がある」

「ラファエル、リゾート施設の建設をはじめたって本当なの？　あなたはそれを認めたの？」ブライアニーの声は引きつっていた。

祖母がブライアニーの脇に来て、腰に手を添えた。祖母はきゃしゃで小柄な女性だった。だが、この場ではブライアニーのほうが弱々しく見えた。それがラファエルにはなんともいらだたしかった。

「ふたりだけで話そう」ラファエルはこわばった声でブライアニーに言った。

「彼をここから追い払おうか、ブライ？」保安官が尋ねた。

ブライアニーは答えに困ったように顔を伏せ、額を手でさすった。ラファエルはこの場の主導権を握らなくてはと思い、ブライアニーに歩み寄って祖母からそっと離し、腰に手をまわした。「いいかい、このことは家の中でふたりだけで話そう」

ブライアニーは探るように彼の顔をじっと見つめたが、ふいに体をこわばらせ、保安官に向き直った。「心配してくれてありがとう、サイラス。でも、ラファエルはここに泊まるから」

「リゾート施設の件はどうするんだ？」市長はじれたように言った。「みんなになんて説明すればいい？　よそ者に土地を売ったのはわたしではないが、わたしが管轄している地域で起こったことだ。わたしの任期中に島がめちゃくちゃにされたとあっては、わたしは再選されなくなってしまう」

「ルパート、いいかげんにしなさい」ブライアニーの祖母はぴしゃりと言った。「わたしの孫娘は動揺しているのに、あなたの政治生命のことまでぐだぐだ言わなくたっていいでしょう」

「いいか、ルパート、こんな時間にこんなところで話し合ってもいい結果は得られない。明日にでもまた話し合えばいいさ」サイラスはそう言うと、車に戻るように市長に促した。それから帽子をつかんでブライアニーのほうにかたむける。「もし困ったことになったら、いつでも呼んでくれよ、お嬢さん」

ブライアニーは硬い笑みを浮かべてうなずいた。市長と保安官が帰ると、祖母はブライアニーを抱きしめた。「おかえりなさい。無事に帰れてよかったわね。旅行中は心配で仕方がなかったのよ」

ラファエルは老婦人ににらみつけられるだろうと思っていた。だが、そうではなかった。彼女はやさしく彼を抱きしめ、頬を軽く叩《たた》いた。

「あなたもおかえりなさい。ここに戻ってきてくれてうれしいわ」

祖母はそう言うと、背中を向けて隣の家の庭に通じる石の小道を歩いていった。

「お祖母《ばあ》さんを家まで送っていかなくても大丈夫なのか？」ラファエルは尋ねた。

ブライアニーはため息をついた。「祖母は隣に住んでいるの。わたしの家の玄関からほんの数歩しか離れていないわ」

「そうか。余計な心配だったたな」

「あなたはそれも覚えていないのね」

彼女のその声はこれまでとは違っていた。いたわるような響きはなく、苦しみがにじみ出ている。ラファエルは良心の呵責《かしゃく》にさいなまれた。

ばかばかしい、と彼はすぐに思い直した。ビジネスに関しては良心など持たないとずっと昔に決めたじゃないか。ビジネスに私情を持ち込む余地はない。ただ、今は……そんなふうには考えられないが。

「荷物を家の中に運び込まなきゃ」

ラファエルは彼女の手をつかんだ。

「先に家に行ってくれ。荷物はぼくが運ぶから」

ブライアニーは肩をすくめ、ポーチに続くステップを上がり、家の中へと入っていった。

ラファエルは車寄せに立ったまま、ここで人生が劇的に変わったのだと自分に言い聞かせながら、あたりを見まわした。だが、居心地の悪さしか感じられなかった。

彼は荷物を車から降ろすと、それを持って家の中に入り、居間へと歩いていった。そこは彼女の性格をそのまま表したような部屋だった。いつもせわしなく行動しているので、そこをきれいに片づけている時間はないとばかりに、生活感にあふれていた。彼のちりひとつ落ちていない部屋とはまったく違う。彼の部屋はメイドが毎日やってきてぴかぴかに磨き上げるのだ。

ブライアニーはフランス窓から外のデッキを眺めていたが、身を守るように胸の前で手を組むと、振り返った。「建設のことは知っていたの？　あなたがはじめるように命じたの？」

ラファエルはため息をついた。「ああ、そうだ。ぼくが建設をはじめるように命じた。もっと早くに着工したかったんだが、ぼくが事故にあったせいでかなり遅れてしまったんだ。出資者は心配している。金を投資したからには、工事がとどこおりなく進むのが見たいんだよ」

「あなたはわたしに約束したわ」

ラファエルは髪をかき乱した。

「ぼくが記憶をなくしたことは覚えているだろう。きちんと契約を結んで土地を買収したのだから、その土地を好きなように使ってもいいと思ったんだ。契約書の中には土地の使い道を制限するような条件は書かれていなかった。もしそんな条件が書かれていたら、ぼくはそもそもサインしなかっただろう。開発できなければ、その土地はぼくにとってなんの意味もないからね」

ブライアニーは彼に顔を向けた。目が赤くなっている。「わたしは最初からあなたがリゾート施設を建てないと約束しないかぎり、土地は売らないとはっきり言ったわ。あなたはそんな計画はないときっぱり言った。あれは嘘《うそ》だったのね、ラファエル。あなたはたった今、事故のせいで建設の着工が大幅に遅れたと言ったものね」

ラファエルは小声で毒づいた。明らかにどちらかが嘘を言っている。だがそれが自分であってほしくなかったし、彼女であってほしくもなかった。

「ブライアニー、ぼくは覚えていないんだ。それなのになぜ罪悪感を持たなくちゃならないんだ?」

「もう寝ましょう」彼女はうんざりしたように言った。「くたくたに疲れているのに、これ以上話し合っても意味がないわよ。客間に案内するわ。そこにはバスルームもついているから」

ラファエルは息を吸い込んだ。これから言おうとしていることを思うと、自分の正気を疑ったが、考え直す間もなく、言葉が口をついて出た。「明日、建設は一時的に中止させるよ。ぼく自身が工事現場に行って説明する。ぼくが記憶を取り戻し、きみとの問題を解決するまで工事には取りかからない」

　ブライアニーは驚いたようにまばたきを繰り返した。彼がそんなことを言うとは夢にも思っていなかったようだ。「本当に？」

　ラファエルはうなずいた。「今晩行ってもいいんだが、作業員は工事現場にはもういないだろう。だから明日の朝一番に行って、ぼくが許可を出さなければ何もしないようにさせるよ」

　ブライアニーは彼に飛びつき、息ができないほどぎゅっと抱きしめた。

「あなたはわたしをがっかりさせるけれど、すぐにそんな気持ちを吹き飛ばすようなことをしてくれるのね」彼女ははずんだ声で言った。「わたしが愛したラファエルはいなくなってしまったと思うたびに、彼はまだここにいるとあなたは教えてくれるの。あとはわたしが彼を見つければいいだけだって」

　ラファエルはその言葉をどう受け止めていいのかわからなかった。ジキル博士とハイド氏みたいだと言われたような気がしたからだ。たしかに彼の頭はどうにかなってしまったのかもしれない。この数カ月のことを思うと、そうだとしか説明できなかった。

　中年の危機に直面すると、男性は派手なスポーツカーを買ったり、若い女の子と情事にふけったりするものだ。だが彼はどうやら恋に落ち、そのせいで数百万ドルの取引を棒に振るという暴挙に走りそうになっている。

ライアンとデヴォンとキャムにこのことを知られたら、きっと殺されるだろう。

12

「何をしたんだって？」

ラファエルは携帯電話を耳から遠ざけた。そして電話越しに聞こえてくる悪態に顔をしかめた。

「すぐにぼくもそっちに行く。いや、みんなで行くよ」デヴォンは言った。「こういうことが起こるのを恐れていたんだ。おまえがそこに行って彼女にすっかり取り込まれてしまうことを。いいか、工事はすぐにでもはじめなければならないんだぞ。もう予定から何カ月も遅れているんだから」

ラファエルは浜辺を見下ろせる丘の上を落ち着きなく歩きまわった。ブライアニーは浜辺に止めた車の中で彼を待っている。工事の作業員は一時的に休暇を取らされると知ったときはいっせいに不満をもらした。ラファエルがそのあいだも給料は個人的に支払うと約束し、どうにかなだめたのだ。

だがデヴォンにはその話はしなかった。もしデヴォンが知ったら、ますます激怒し、すぐに駆けつけようとするだろう。

「おまえたちはニューヨークにいてくれ」ラファエルは説得した。「こうするしかないんだ、デヴォン。ぼくが記憶を取り戻すまで待つべきなんだ。そうするのが正しいことなんだよ」

「おまえはいつから正しいことを気にするようになったんだ?」デヴォンは信じられないとばかりに声を張り上げた。「いいか、これはビジネスなんだぞ。個人的な事柄じゃない。計画はやり遂げなきゃならないんだ。おまえはビジネスの常識がわからなくなるほど彼女に骨抜きにされたのか?」

ラファエルは眉をひそめた。「ぼくが仕事のためならなんでもやる冷血漢みたいな言い方をするんだな」

「なぜそんなことを気にする? 冷血漢だからこそおまえは成功したんだろう。それなのに今になって良心なんか持ち出さないでくれ」

「いいか、この計画についておまえが知っていることを教えてくれ、デヴォン。ぼくに話さなかったことがあるだろう」

長い沈黙のあと、デヴォンはようやく口を開いた。「ぼくはそこで何が起こったのかは知らない。ただ、おまえはニューヨークを発《た》つまえに絶対に契約書にサインさせると息巻いていた。そのためだったら、どんな手でも使ってやるってな」

「それだけじゃ、何もわからない」

「いいか、土地の所有者はおまえなんだぞ。そのおまえが計画の邪魔をしているんだ」

ラファエルはブライアニーに目を向けた。彼女は車から出て、そよ風に髪を吹き上げられながらドアに寄りかかって立っている。

「わかってるよ」ラファエルは淡々と言った。「この責任はぼくが取るから」

「そうしてくれよ」デヴォンはうんざりしたように言った。「みんな犠牲を払っているんだ。ぼくたちは大規模なプロジェクトが成功するかどうかの瀬戸際に立たされている。このリゾート地の計画もそうだし、コープランドホテルとの合併もそうだ。成功すれば、世界で一番のリゾート開発会社にのし上がれるだろう。頼むから、それを台なしにしないでくれ。ぼくたちのために」

ラファエルはため息をついた。みんながそれぞれ犠牲を払っていることはもちろん知っている。デヴォンは合併を確実なものにするために、コープランドの娘と結婚までしようとしているのだ。彼らはあと少しでほしかったものをすべて手に入れ、想像すらもつかない大成功を収められるのだ。

それなのに、ラファエルは自分が何をしたいのかさえわからなくなっていた。

「ぼくを信じてくれ、デヴォン。少し時間がほしいだけだ。ぼくはこれまでどんなことでもきちんとやり遂げただろう。それに、これにはぼくの将来がかかっているんだから」

電話の向こうからあきらめたようなため息が聞こえた。「一週間だぞ、レイフ。一週間で片づかなかったら、ぼくはそっちへ行くからな。ライアンとキャムも引き連れて」

ラファエルは電話を切ってポケットに入れた。一週間。将来を決めるにはあまりに時間が少なすぎる。彼だけではなく、ブライアニーと彼の子供の将来もかかっているのに。

彼は息を吐き出し、ブライアニーのほうに歩いていった。彼女もきっと疲れているだろう。日の出とともにコテージを出るときに、彼女の目の下が黒ずんでいることにラファエルは気づいていた。きっと彼女も眠れぬ夜を過ごしたに違いない。

一週間の猶予しかないのなら、まずは一番大事なことに取りかかるべきだ。それは記憶を取り戻し、ブライアニー・モーガンとの関係を思い出すことだ。

ラファエルがこちらに向かって歩いてくると、ブライアニーは警戒するような目を向けずにはいられなかった。彼は怒っているように見えた。電話でどんなことを話したにしろ、それは決して愉快なことではなかったのだろう。車の中にいても、彼が険しい声でしゃべっているのがわかった。

彼は昨日言ったとおり、工事の着工を延期するように命じた。それから間もなく、ブライアニーの携帯電話が鳴りはじめた。最初に電話をかけてきた市長は、ラファエル・デ・ルカを説得したことを大げさな口ぶりでねぎらった。

次にサイラス保安官が電話してきて、工事の延期を確認した。それから、何もすることがなくなった建設作業員が島でぶらぶらするのが不安だと、役人に訴えかけるようにブライアニーに話した。

もちろん彼女は役人ではないが、それでも多くの人々に頼りにされていることを忘れるわけにはいかなかった。島の住民はブライアニーひとりでこの件を丸く収めることを望んでいるのだ。実際、彼女はみんなの期待を裏切らないように奔走してきた。誰も彼女の人生がどうなろうと気にしていないのに。

ラファエルは車のところまで歩いてくるとキーを受け取り、ブライアニーを助手席に座らせてから、運転席に乗り込んだ。

ブライアニーは彼を横目でちらりと見ながら言った。「大丈夫だった？」

「ああ」

ラファエルはそう言うと、エンジンをかけ、舗装されていないでこぼこの道を走り出した。

「朝食にしましょうよ」

ラファエルが何も言わなかったので、ブライアニーは話を続けた。「あなたの大好物を作ってあげるわね」

彼はちらりと彼女を見た。「ぼくの大好物？」

「エッグベネディクト」

「そのとおりだ。ぼくはそれもきみに話したんだね」

「ええ」

ラファエルは口数も少なく、むっつりしていた。だからブライアニーは彼の手にそっと手を重ね、指を絡めた。

ラファエルは驚いたような顔をしたが、彼女の手を振り払おうとはしなかった。

「ありがとう」ブライアニーは心から言った。「工事を延期してくれて。これはわたしだけじゃなくて、島のみんなにとっても大きな意味のあることなの」

彼は気まずそうな顔になった。「これは一時的な決定だということを理解してほしい。いつまでも工事を延期するわけにはいかない。ぼくの肩には多くの人の期待がかかっているんだから。彼らはぼくを信用してくれたからこそ、投資してくれたんだ。それにぼくのパートナーたちも多額の資金を投じている。これはぼくたちにとって必ず成功させなければばならない大きなプロジェクトなんだ」

「でもあなたが約束してくれてなかったら、わたしはあなたに土地を売ったりしなかったわ」

ラファエルはため息をついた。「今はこの話をするのはやめよう。ぼくが記憶を取り戻したとしても、このことに簡単な解決方法はない」

彼女は初めて、この件に関して彼がどれほどの責任を負っているのかが身に染みてわかった。彼の言うとおりだとすれば、計画を中止するのは決して容易なことではないだろう。それなのに彼は多大な犠牲を払って、工事を延期してくれたのだ。

ブライアニーは顔を寄せ、彼の頰にキスした。「これがあなたにとってむずかしい決断だったことはわかってるわ。だけど、みんなあなたに感謝しているのよ。すでに市長と保安官から電話がかかってきたもの。あなたは島の人々に温かく迎えられるわ。みんなあなたにありがとうって言いたがっているもの」

「でも、きみには腹を立てているんだろう？　昨日の晩、市長はきみを責めていた。みんなもそうなのか？」

彼女は息を吐き出した。「みんなはわたしが若いからころりとだまされたんだと思っているわ。ハンサムで口のうまい男性にいいように利用されて土地を売ってしまったんだと」

ラファエルは憤慨した顔になった。「あの土地はきみのものだ。自分の生活を変えたくないからといって文句を言ってくる人に、きみが罪悪感を覚える必要なんかない」

彼女は肩をすくめた。「わたしはここで生まれ育ったから、みんなはわたしを家族の一員だと思っているの。なのに、わたしに裏切られたと感じているのよ。でも実際、そうなのかもしれない。あなたと一緒に暮らすなら、わたしはここにはいられない。あなたはニューヨークを拠点にしているんですもの」

ラファエルは彼女の車寄せに車を入れて止めた。そのまましばらくまえを見つめていたが、やがて顔を彼女に向けた。「きみはぼくのために何もかもあきらめるつもりだったのか？」

「ええ」彼女は静かに言った。「あなたに罪悪感を持ってもらいたくてこんなことを言っているんじゃないの。でも、これが事実なのよ。わたしたちはなんでも正直に言うことにしたでしょう」

「なんて言えばいいのかわからないよ」

ブライアニーはほほ笑んだ。「何も言わなくていいわ。さあ、家に戻って朝食にしましょう。おなかがぺこぺこよ。そのあとあなたに必要なものを買いに行ってから、デッキでのんびりしましょう。今日一日を楽しまなきゃ」

それはなんともすばらしい時間の過ごし方にラファエルには思えた。愉快な出来事ではじまった一日とは言えなかったが、ふいにこれから先が楽しみになってきた。

13

ブライアニーは大通りにある店という店へラファエルを連れまわして、カジュアルな服を片っ端から試着させた。まずはジーンズ。ジーンズ姿のラファエルは男らしさの化身のようだった。彼の引きしまったお尻とたくましい脚の線がくっきりと浮き出て、より強調されている。

それにTシャツ。平凡なアイテムなのに彼が着ると、白いTシャツは筋肉の張った胸をこの上なく魅力的に見せていた。

ラファエルは試着室から出てきたときに、気恥ずかしそうな顔をしていた。ブライアニーが選んだジーンズとTシャツを着て、足は裸足《はだし》だった。

ブライアニーはジーンズ姿のラファエルをうっとりと眺めた。そうしているのは彼女ひとりだけではなかった。

「あら、まあ」店員のステラが息をのんだ。「まるで男性ファッション誌から抜け出てきたみたい。ぴったりしたジーンズがこれほど似合う人はいないわ」

「ぼくがこんな格好をしたら、きみは幸せなの？」ラファエルは降参したように両手を上げた。

「ええ、幸せよ」ブライアニーは感嘆したようにつぶやいた。「わたしだけでなく、この島の女性全員もね」

ステラはくすくす笑った。「まったくね。同じようなジーンズをあと何着か見つくろいましょうか？」

「Tシャツもお願いするわ」

「髪と目が黒いから、緑色が似合うんじゃないかしら」ステラは助言した。

ラファエルは天井をあおいだ。「きみたちが話し合っているあいだにぼくは着替えてくるよ」

「だめよ！　だめ！」ブライアニーはあわてて言った。「着替える必要はないわ。値札を切ればいいのよ。その格好のほうがあなただってくつろげるわ」

「わたしたちの目の保養にもなるしね」ステラはブライアニーの肩越しに言うと、残りの服を包みに行った。

ラファエルは苦笑いを浮かべながらブライアニーに歩み寄った。「きみはジーンズ姿のぼくが好きなのか？」

「好きっていう言葉はあまりに控えめすぎるわ」

ラファエルはブライアニーの背中に手をまわし、彼女のジーンズの後ろのポケットに入れた。

「ぼくもきみのジーンズ姿が好きだよ」

ブライアニーの胸はどきどき鳴り出した。「ありがとう。妊婦用のゆったりしたジーンズなのよ」

「でも、きみのお尻にぴったりフィットしている」

ラファエルは自分の言葉を証明するように彼女の尻ポケットに入れた指を広げた。すると布地が彼女の形のいいお尻にぴたりと張りついた。

「ねえ。こんなことをしていたら、わたしたちは島中の人たちの噂《うわさ》の的になってしまうわ」

ラファエルは鼻で笑った。「まだ噂の的になってないと思っているのか？　この島の人たちはすでにひとり残らず、ぼくたちを見物しに駆けつけてきたか、あるいは工事の延期の礼を言いに来たさ。それにきみのおなかの子の父親がぼくだということは周知の事実だと思うけど」

「そうね。たしかにあなたの言うとおりだわ」

ラファエルは顔を寄せ、ブライアニーにそっとキスした。「そろそろコテージに戻らない？　ぼくがランチを作ってあげる」

「何を作ってくれるの？」

「それはきみの家に何があるかによるな。きみは朝食を作ってくれたあと、午前中いっぱい町を案内してくれた。そのお礼に今度はぼくがきみの世話を焼くよ。疲れてないかな？」

ラファエルの心配そうな声にブライアニーの胸はきゅんとなった。

「大丈夫よ。でもあなたがマッサージをしてくれるって言うなら、断るつもりはないわ」

ラファエルはにっこりした。「喜んでさせてもらうよ」

ブライアニーは彼を抱きしめ、たくましい胸に顔を埋《うず》めた。「ああ、ラファエル。今日は本当にすばらしい日だわ。ありがとう」

彼女が体を離すと、ラファエルはとまどったような顔をしていた。「ジーンズを買っただけなのに、きみがそんなに喜ぶわけがわからないよ」

「あなたのジーンズ姿を見られたんだもの。喜ばずにはいられないわよ」

ラファエルは彼女のお尻をぽんと叩《たた》いた。「さあ、帰ろう。慣れない買いものなんてしたせいで、おなかがぺこぺこだ」

ブライアニーは彼の指に指を絡めた。ふたりの距離が縮まり、昔の関係がいくらかでも取り戻せたような気がしていた。

島に来てラファエルは変わった。彼女がかつて愛した、ゆったりしたおおらかな男性になったように思える。

そう、前回もムーン・アイランドに来てからラファエルは変わったのだ。ブライアニーはふたりの関係がビジネスを何よりも優先する彼の考え方を変えさせたと信じていた。だからこそ今もまた、ラファエルがこの島と彼女を再発見してくれることを願ってやまなかった。

家の近くまで来ると、ブライアニーは祖母の家に寄ってくれないかと頼んだ。「様子を見たいの。先週は電話でしか話せなかったから。こんなに長く離れていることなんてほとんどないのよ」

ラファエルはうなずいた。「もちろんだ。ぼくは先に戻って昼食の用意をはじめたほうがいいかな？」

「あなたがいやじゃなかったら、一緒に来ても構わないわよ」

「だったらぼくも行くよ。もう一度きちんと挨拶がしたい。きみとお祖母《ばあ》さんはとても仲がいいみたいだからね。ぼくはお祖母さんともよく一緒に過ごしたのか?」

ブライアニーはほほ笑んだ。「あなたは祖母とすぐに意気投合したわ。わたしがいなくても二日にいっぺんは祖母のところに通っていたのよ。あなたは花束やお菓子を持っていって祖母を甘やかしたの」

「ぼくは……その、ずいぶんと……やさしかったんだな」彼はそんなことは信じられないと言いたげにつぶやいた。

ブライアニーは車のドアを開ける手を止めて、彼を見つめた。「まるで自分はやさしくないと思っているような言い方をするのね」

ラファエルは肩をすくめた。「ぼくは冷血漢と呼ばれたことが一度ならずあってね。今朝もそう言われたばかりだ。ほかにもいろいろと呼ばれたよ。人でなしとか野心家とか。でも、やさしいだって?　人にやさしくするのはぼくの優先順位の中では決して高いほうじゃないんだ」

「あなたはわたしの祖母をとてもいたわってくれた。それもあってわたしはあなたが好きになったの。もちろん、わたしのことも大切にしてくれた。きっとあなたは自分にふさわしい人とつき合っていないのよ」

ラファエルは苦笑した。「わかったよ。まあ、様子を見てみることにしよう」

ブライアニーの祖母が玄関ポーチに出てきて、家の中に入るように手招いた。ブライアニーはラファエルの手を取った。「いつまでも昔のあなたのままでいる必要はないのよ。変わるときが来たのかもしれない。ここなら、あなたは自分がなりたい人間になれるわ。あなたを知っている人は誰もいないんだから。新しいスタートを切れるのよ」

ラファエルは彼女の手を口元に運んでキスした。「きみは本当に特別な女性だ。心からそう思うよ、ブライアニー・モーガン」

ブライアニーはほほ笑んだ。それから車のドアを開けて外に出て、祖母に向かって手を振った。

「今、行くわ！」

祖母は手を振り返すと、網戸を開けた。ブライアニーはラファエルとともに玄関ポーチのステップをのぼっていった。

「おはよう、おふたりさん」祖母はそう言うと、ブライアニーをぎゅっと抱きしめ、それからラファエルにも同じことをした。「ちょうどアイスティーを作ったところなの。グラスを取ってくるから、裏口のポーチのベンチに座ってらっしゃい。今日は天気がいいから外のほうがきっと気持ちいいわ」

ブライアニーは彼をデッキに出るガラスドアのほうに引っ張っていった。デッキはブライアニーのコテージにあるのとよく似ていた。木の床板はところどころ傷んでいたが、それが自然で素朴な趣を与えている。あちらこちらに色とりどりの小像が置かれ、手すりには花を咲かせた植木鉢が並んでいた。

ラファエルはデッキから海を見渡しながら言った。「美しい眺めだ。それに、静かでのどかだ。これほどすばらしい浜辺はなかなか見つけられないだろう。ここが全部きみのものだったんだね」

ブライアニーはデッキチェアに腰を下ろし、太陽に顔を向けて目を閉じた。「島全体がこんなふうなの。だから住民は島の一部でも開発されることをいやがっているの。開発がひとたびはじまれば、あとはなし崩しになって、あっという間に島全体が安っぽいおみやげを売っている観光地になってしまうかもしれないでしょう」

「でもぼくが買ったのは、島全体から見ればほんのちっぽけな土地だ。そこがリゾート開発されても、島には多くの自然が残されたままなのに」

ブライアニーは目を開け、彼のほうを向いた。

「観光客が訪れる島だったらほかにもいくらでもあるわ。この島でなくてもいいはずよ。わたしたちのことは放っておいてほしいの。ここには観光客も来ないし、手つかずの自然が残されているからこそ引退後に移り住んできた人が多いのよ。残りの住民はここで生まれ育ち、この島しか知らない人たちだわ。それなのに今になって島が変わってしまったらどうすればいいの？」

「リゾート施設がひとつできただけで島全体の自然が損なわれるとは思えない。それに観光客が金を落とすから、島の経済だってきっと潤うだろう」

ブライアニーは辛抱強くほほ笑んだ。ここで腹を立てて今日というすばらしい日を台なしにしたくなかった。「経済的に潤わなくてもいいのよ」

ラファエルは眉をつり上げた。「儲《もう》けた金の使い道ならいくらでもあるじゃないか」

ブライアニーは首を振った。

「引退後にここに移り住んできた人は、一流企業で高給を取っていた人たちなの。彼らは死ぬまでに使いきれないほどのお金を持っているわ」

「ほかの人々は？　生まれてからずっとこの島に住んでいる人々はどうなんだ？」

彼女は肩をすくめた。「みんな幸せに暮らしているわ。曾《ひい》お祖父《じい》さんの代からエビ捕りをしている人もいれば、レストランや食料品店の店員をして生計を立てている人もいる。基本的に島は自給自足で間に合っているの。観光客におみやげを売る必要はないのよ。お金をあまり持っていない人もいるけれど、それでも幸せなの」

「この島はずいぶんと風変わりなんだな」ラファエルは面白がるように言った。「まるでタイムトリップしたみたいだ。インターネットや携帯電話が使えることがむしろ不思議だよ」

「時代に取り残されないようにはしているわ。でも最先端でいたいとは思わない。この島には何ものにも代えがたい魅力があるの。口で説明するのはむずかしいけれど、暮らしてみればわかるわよ」

「それなのにきみはぼくのためにこの島を離れようとしていたんだ」

ブライアニーは体をこわばらせた。

「ええ、自分が変わらなくてはと思ったのよ。あなたの仕事の拠点も住まいもニューヨークにあるわ。それを全部手放してここに住んでほしいなんてあなたに言えるわけがないもの。わたしが生活を変えればいいんだと考えることにしたの。あなたはそれだけのことをする価値のある人だと思ったから」

「きみはこの島に強い思い入れがあるのに、ぼくのために大きな犠牲を払うつもりでいたんだな。なんだか空恐ろしい気がしてきたよ」

「あなたは自分のことを過小評価しすぎよ、ラファエル。自分にそれだけの価値がないと思っているの？　大切なものを犠牲にしてもあなたと一緒にいたいと思うほど、あなたを深く愛する人なんかいないと？」

ラファエルは彼女から目をそらし、海を見つめた。彼はしばらくそうしていたが、ふいに顎を引きしめた。「ぼくのことをそんなふうに思ってくれる人に出会ったことがないのかもしれない」

「やっぱりあなたは自分にふさわしくない人たちとつき合っているのよ。今までデートしてきた女性は間違いなくそうね」

ブライアニーのからかうような声の響きに、ラファエルはほほ笑んだ。

「ぼくがまえにこの島にいたとき、きみと距離を置こうとしてはいなかったのかい？」

「そんなことなかったわ。あなたは……」彼女は考え込む顔になった。「心を開いてくれていたわ。そうね、こう言えばいいかしら。堅苦しい態度をやめさせるのはそれほど大変じゃなかった」

ラファエルは首を振った。「誰かがぼくのふりをしていたとしか思えない。何度も言っているが、きみの話す男はぼくの理解を超えている。ぼくにしてみれば、見ず知らずの男にしか思えないんだ」

「そんな自分にぞっとしているの？」

「いや、ぞっとはしていないけれど。なんて説明すればいいんだろう。きみが絶対にしそうもないことを考えてくれ。それなのに、そういうことをしていたと誰かに教えられ、きみ自身はそのことをまったく覚えていない。そうしたらきみだって、それを話してくれた人か、あるいは自分の頭がおかしいんだと思うだろう」

「そういうことならわかる気がするわ。つまり、まえにここにいたときのあなたを受け入れられないわけじゃないのね」

「その男が理解できないんだ」

「あなたはわたしをひと目見ただけで、自分のものにしなければ死んでしまうって思ったのかもしれないわよ」ブライアニーは茶目っ気たっぷりに言った。

ラファエルは顔を寄せ、ふたりの唇は息がかかるほど近づいた。「きみのそばにいると、そんなふうに思うことがどんどん多くなってくる」

ブライアニーがふたりの唇を軽く触れ合わせると、ラファエルはそのお返しに彼女の口の両端にそれぞれついばむようなキスをした。

「お茶の用意ができたけれど、そんな気分じゃなかったかしら」

ブライアニーがあわてて振り返ると、ガラスドアのまえに祖母がグラスをふたつ持って立っていた。

「そんなことないわ。飲みたいに決まっているじゃない。お祖母さんの作るアイスティーは最高においしいんだから」

「そうなのかい？」ラファエルが尋ねた。

祖母は彼にグラスを手渡しながら言った。「あなたは都会で飲むしゃれたワインよりもずっとおいしいって言ってくれたのよ」

「ぼくは思ったことしか言わないから、きっと本当においしいと思ったんだろうな」ラファエルはそう言うと、どんな女性の心も即座に虜《とりこ》にするような笑みを浮かべ、アイスティーに口をつけた。「たしかにこれはおいしい！」

祖母は初めて褒められたようにうれしそうににっこりした。

「お祖母さんも座って。わたしたちはお祖母さんに会いに来たんですもの」

祖母はブライアニーとラファエルの向かいの椅子に腰を下ろした。「ブライアニーから聞いたけれど、飛行機事故にあったんですってね。さぞかし精神的なショックを受けたでしょう」

「事故のことはあまり覚えていないんです。そのあと生きててよかったと思ったことは覚えているんですが。事故にあうまえのことも記憶があいまいなんです。ブライアニーからそれは聞いていると思いますが」

祖母はうなずいた。「ブライアニーはすっかり動揺していたわ。あなたにだまされて置き去りにされたんだと思い込んでしまったの。妊娠までしたっていうのに」

ブライアニーは真っ赤になった。

「お祖母さん、その話はもうやめて」

「ぼくのことなら気にしないでくれ。お祖母さんはきっとぼくに怒っているだろうから」

祖母は満足げにほほ笑んだ。「わたしは率直な男性が好きよ。それにあなたはこうして戻ってきて、孫娘との問題を解決しようとしてくれている。だからわたしたちはきっとうまくやれるわ」

「そうだといいんですが、ミセス……」ラファエルは途中で言いよどみ、助けを求めるようにブライアニーを見た。「ぼくはお祖母さんをなんと呼べばいいんだ？」

祖母は手を伸ばしてラファエルの膝をぽんぽんと叩いた。「わたしのことはローラと呼べばいいわ」

「ローラか。すてきなレディにふさわしいすてきな名前ですね」

祖母は頬を真っ赤に染めて顔をほころばせた。

「具合はどう、お祖母さん？」ブライアニーは尋ねた。「お医者さんに言われたとおり、毎日、お薬はのんでいるの？」

祖母は目をぐるりとまわし、ラファエルに顔を向けた。「まるで彼女がお祖母さんで、わたしが孫娘みたいでしょう。でもね、妊娠しているのはわたしじゃないわ。わたしはピルののみ方くらいちゃんと心得ていますから」

「お祖母さん！」

祖母は肩をすくめた。「だけど、本当のことよ」

「今日はなんでもずばずば言うのね」ブライアニーはうめくように言った。「わたしたち、もう家に帰ったほうがよさそうだわ」

ラファエルは最初、含み笑いをしていたが、やがてこらえきれなくなったように声をあげて笑いながら、目じりにたまった涙をぬぐった。「ふたりとも最高だ」

ブライアニーはむっつりと言った。「あなたは気楽でいいわね。避妊具を使わなかったことを責められていないんだから」

「もちろん、そのこともお説教しようと思ってたわよ」祖母は明るい声で言った。

ラファエルは首を振った。「少なくともぼくには、そのときのことを覚えていないっていう言いわけがある」

「破れたのよ」ブライアニーは硬い声で言った。

祖母はさとすように言う。「ピルをちゃんとのんでいれば、避妊具が破れてもたいした問題にはならなかったでしょうよ」

ブライアニーは立ち上がり、ラファエルの腕を引っ張った。「お祖母さんが元気なことはもうわかったわ。さあ、もう帰りましょう。おなかがぺこぺこよ」

　ラファエルは再び笑い声をあげながら立ち上がり、祖母の頬にキスした。「あなたとまた知り合うことができて、本当によかった」

14

「これでいいかい？」ラファエルはブライアニーの背中の後ろに枕を入れて尋ねた。

ブライアニーはデッキにある籐《とう》の寝椅子に横たわっていた。ラファエルを見上げてほほ笑み、ため息をつく。すばらしい秋の日だった。空はどこまでも青く澄みきっていて雲ひとつない。塩辛い海風が彼女の鼻をくすぐり、打ち寄せる波の音が音楽のように耳に心地よく響く。

「あなたはわたしを甘やかしすぎだわ。でも、ずっとこのまま甘やかして」

ラファエルは寝椅子の端に腰を下ろし、彼女の足を膝の上にのせた。アンクレットを指でもてあそんでから土踏まずをマッサージしはじめた。

「きれいな足だ」

ブライアニーは疑わしげにラファエルを見た。「わたしの足がきれいだと思っているの？」

「ああ、そうだよ」

「とびきりハンサムな男性の膝の上に足をのせて、観察されたのは初めてよ。なんだか女王様にでもなった気がするわ」

「男性は自分の子供を宿してくれた女性を女王になったような気持ちにさせるべきじゃないのか？」

「たしかにそうね。でも、いったい何人の男性が本当にそんなことをしてくれるかしら？もっとも、妊娠したのは初めてだから、答えはわからないけど」

ラファエルは笑った。

「ぼくの態度がその答えだと思ってくれ。ぼくはきみのおなかの子を自分の子として受け入れることに決めたんだ。ぼくが父親だと今では心から思っている。これまでぼくは子供のことをきちんと考えていないように見えていたかもしれない。でも子供ができたことを知ってから、そのことばかり考えていたんだ。最初、ぼくはまだ父親になる心の準備はできていないと思っていた。でもいつの間にか、赤ん坊はどちらに似ているだろうとか、男の子だろうか、それとも女の子だろうかとか考えるようになっていた。今は一日も早く生まれてほしいという気持ちでいっぱいだ」

ブライアニーの目に涙が浮かんだ。ラファエルが子供を望んでいることを知り、喜びに胸が詰まった。

「どうして父親になる心の準備ができていないなんて思ったの？」

「ぼくのこれまでの生活は仕事中心だった。オフィスで寝泊まりすることもあるし、新規に開発するリゾート地を探すために飛行機でひと晩過ごすことだってある。子供は両親がそばにいて面倒をみてやらなければならない。両親の愛と助けが必要なんだ。だがぼくは金銭的に面倒をみることしかできない」

「まえにも言ったけれど、あなたは昔のままのあなたでいる必要はないわ。親は子供のために生活を変えるべきよ。実を言えば、わたしだってあなたと同じように母親になる準備はできていないわ。もっと年を取ってから子供を産もうと思っていたもの」

ラファエルは眉を上げた。「きみはいったいいくつなんだ？」

ブライアニーは笑った。「二十五歳よ。母親になってもおかしくないわ。でも数カ月まえまで、結婚を考えるほど真剣に交際したことがなかったのよ。だからしばらく子供は産まないんだろうなって思っていたの」

「ということは、ぼくたちはふたりとも心の準備ができてないうちに子供を授かってしまったんだね」

「でも、心の準備ができる日なんて来るのかしら？　きちんと計画して妊娠した人だって、子供が生まれてから生活ががらりと変わってとまどうはずよ」

「そうなのかもしれないな。でも、きっときみはすばらしい母親になれるよ」

ブライアニーはうれしそうに頬をピンク色に染めた。「あなたにそう言われるととてもうれしいわ、ラファエル。でもどうしてそう思うの？」

「きみは愛情深い女性だ。それになんでも率直に言える勇気がある。ぼくにだまされていると思っていたときでさえも、きみは子供のことをきちんとぼくに打ち明けてくれた。きっときみは子供を守るためだったらどんなことでもするだろう」

「あなたもいい父親になれるわ。なぜそう思うかわかる？」

ラファエルはマッサージしていた手を止め、彼女を見つめた。

「あなたは自分の欠点をちゃんとわかっているし、そんなところを直さなくてはならないと思っている。ほとんどの人は自分の欠点には気づかないものよ。あなたはきっと子供が必要としているものを敏感に感じ取って与えることができるし、子供のことを一番に考えるようになるわ。わたしは心からそう思っているの」

ラファエルは彼女の手を握った。「そんなふうに言ってくれてありがとう」

「わたしは今でもあなたを愛しているわ、ラファエル」

気づくと、その言葉が口をついて出ていた。ブライアニーはすぐに後悔した。ラファエルが記憶を取り戻して関係を修復するまでは、無防備に心をさらけ出すのはやめようと決めていたのだ。

ラファエルの目が陰りを帯びた。次の瞬間、彼はブライアニーの体をぐいと引き寄せ、膝の上に座らせて両手で顔を包み込んだ。そして彼女の頬を親指でそっと撫《な》でてから額と額を合わせた。

「昨日、ぼくをまだ愛しているのかときみにきいたとき、その返事がどれほどぼくの心を揺さぶるのかわかっていなかった。今でもどう言えば、きみに伝わるのかわからない」

「言わずにはいられなかったの」ブライアニーはささやいた。「あなたに隠し事はしたくなかったから、これまでなんでもあなたに話してきた。でも、愛しているっていう言葉だけは言わないようにしていたわ。それはプライドのせいなの。劣等感を抱いたり、傷ついたりしたくなかったからなの。でも、言わずにいても結局は同じことなのよ」

ラファエルは身をかがめ、唇を重ねた。マッサージしていたときのやさしさはなくなり、口をせわしなく動かして彼女の唇を荒々しくまさぐった。まるで彼女の息を奪い、その息をまた送り込むかのように。

彼の以前の愛の行為は計算しつくしたように巧みだった。だが、今はあふれんばかりの思いが感じられた。まるで彼女に触れ、自分のものにするのが待ちきれないとばかりに。

彼は昔の彼とは違っていた。ブライアニーはとまどったが、それでもこのなじみのない男性に身をまかせたかった。

「きみと愛を交わしたい、ブライアニー。忘れてしまった過去なんてどうでもいい。今、この瞬間、ぼくはきみに触れ、きみにキスしたいんだ。それを何よりも望んでいる」

彼女は震える脚で立ち上がり、ラファエルの手をつかんで指を絡めた。「わたしもあなたがほしいわ。あなたが恋しくて仕方なかったの、レイフ」

ラファエルもそろそろと立ち上がった。いつもの落ち着き払った態度は消え、切羽詰まった欲望に目が暗く陰っている。彼は震える手で彼女の頬に触れた。「いいかい、ブライアニー、ぼくが記憶を取り戻さなかったとしても、そんなことはどうでもいい。きみが再びぼくと愛を交わしてくれるなら、はじめからやり直そう。これが新しいスタートだ」

ブライアニーは頬をやさしく撫でる彼の手に手を重ね、うっとりと目を閉じた。「それがいいわ。過去は関係なくて今日からはじまるのね。あなたとわたしの未来が」

ラファエルは彼女の腰に手をまわすと、ドアのほうへ連れていった。そして転がり込むようにコテージの中に入り、彼が昨晩泊まった客間のまえを通りすぎて彼女のベッドルームへと急いだ。過去に何度も愛を交わした部屋へようやく戻ってきたのだ。

ブライアニーはふいに恥ずかしくなった。ラファエルとは数えきれないほどベッドをともにしたが、彼がまったくの別人のように思え、初めてのような気がしたからだ。

ブライアニーはふいに声をあげて笑い出した。

ラファエルは驚いた顔になり、彼女の顔をのぞき込んだ。

「何がおかしいんだ?」

ブライアニーは首を振った。「なんだかあなたと愛を交わすのが初めてのような気がしたの。でも、そんなふうに思うなんてばかばかしいでしょう。だってわたしはあなたの子供を妊娠しているのよ」

ラファエルはにっこりし、彼女を腕の中に引き寄せた。「いろいろな意味でこれは初めてだと言えるのかもしれない。ぼくはきみの体を一から知るつもりでいる。きみの体を隅々まで眺めて、触れてみたい。その一瞬一瞬を大切にして楽しむつもりだ」

ブライアニーは彼の言葉に酔いしれた。ラファエルは彼女をベッドのまえまで連れていくと、シャツのボタンをはずした。シャツは肩から滑り落ち、彼女はブラジャーとジーンズだけの姿になった。

「きれいだ」彼はそう言いながら、彼女の胸のふくらみを収めたピンクのレースを指でなぞった。「きみにピンクはよく似合っている」

「赤や黒のようなセクシーな色は好きじゃないの?」彼女はいたずらっぽい笑みを浮かべ

た。

「ああ、好きじゃないね。ピンクのようなやわらかい色がいい。きみの女性らしさを引き立ててくれる。とても女の子らしい」ラファエルはブラジャーの上の素肌にキスすると、鼻をすり寄せてぴんと立った胸の頂のすぐ上までレースを下げ、息を吹きかけた。「女の子らしいのが大好きだ」

ブライアニーの声はかすれた。「からかっているのね」

彼は手を下に伸ばし、彼女のジーンズのボタンをはずすと、ジーンズを引き下げ、わずかにふくらんだおなかをあらわにした。それから床にひざまずき、彼女のおなかを両手で包み込んで、そっとキスした。

それはこの上なくすばらしい瞬間だった。このときのことを死ぬまで忘れないとブライアニーは思った。プライドの高いラファエルが彼女の足元にひざまずき、惜しみない愛を彼女と子供に注いでいるのだ。

ラファエルはそれから彼女のジーンズを脱がせにかかった。床まで引っ張り下ろすと、脚を交互に持ち上げてジーンズを引き抜いた。「ここもピンク色のレースだ」そう言うと、ショーツにそっとキスした。「気に入った。とても気に入ったよ」

ブライアニーは妊娠した体を恥ずかしいとは思っていなかった。丸みを帯びて女らしさを増した体の曲線をかえって気に入っていた。ふくらんできたおなかの形に見とれてしまうことさえあった。

だから、ラファエルが体の線が変わったことをどう思うかあまり心配していなかった。それは正しかった。というのも、ラファエルもうっとりと見とれていたからだ。

「きみは美しい」ラファエルはそう言うと、ブライアニーの体を手で撫で上げながらゆっくりと立ち上がり、目の前に立った。そして彼女の髪のあいだに手を差し入れて顔を引き寄せ、再び唇を重ねた。

ブライアニーは息をあえがせたが、それでも唇を離そうとはしなかった。ラファエルと同じように彼女もまたこの一瞬一瞬をあますことなく楽しむつもりだった。

たしかにまえのときとは違っていた。まえの愛の行為はもっと気楽で、ふたりで戯れているかのようだった。だが今、目の前に立っているラファエルは……あのときのラファエルではなかった。これほど激しく求めた女性はいなかったというように欲望に目をけぶらせ、彼女をまっすぐ見つめている。

ブライアニーは昔とは違うラファエルが好きになった。威圧的ではあるが、どこまでもやさしく愛に満ちていたからだ。

ラファエルは彼女のうなじに手を当て、顔を引き寄せると、再び心まで溶かすようなキスをした。それから唇を彼女の耳へと滑らせ、耳たぶをそっとかんだ。ブライアニーの中で欲望のさざ波が起こり、口から知らず知らず喜びのため息がもれる。

ラファエルは喉にキスしたまま彼女を抱き上げ、そっとベッドの上に下ろした。それから手を伸ばし、彼女の額にかかった髪を払った。彼の手が軽く触れただけで、興奮がブライアニーの血管を駆け巡った。

彼は再びブライアニーにそっとキスした。まるで服を脱ぐわずかなあいだだけでも彼女と離れるのがつらいとばかりに。それから彼は後ろに下がって震える手でTシャツを脱ぎ、それを放り投げると、ジーンズのファスナーに手をかけた。そしてもどかしそうにジーンズと下着を一緒に引き下ろした。

ブライアニーの目の前に立つ男性はとてつもなくセクシーだった。ほっそりと引きしまった体をしているが、痩せすぎてもいなかった。発達した筋肉がついていて、それは彼がトレーニングをかかさないことを物語っている。

ブライアニーの目は彼の下半身へと吸い寄せられた。男の証《あかし》が硬く張りつめているのを見つけると、ため息をつき、彼の姿をもっとよく見ようとして上半身を起こした。

だがラファエルはすぐにベッドに戻ってきた。ブライアニーの上にまたがって胸に手を置き、体をそっと倒していった。それから胸元に鼻をすり寄せて、ブラジャーのカップを押しやり、胸のふくらみをあらわにした。そして背中に手をまわしてホックをはずすと、ブラジャーをはぎ取って床に落とした。

ラファエルは長いことブライアニーの体を隅々まで熱いまなざしで見つめていた。それからようやく目を彼女の顔に戻し、かすれた声で言った。「きみの姿を頭に焼きつけているんだ。もう二度と忘れたくない。これほど美しい体を覚えていないなんて信じられないよ」

ブライアニーの心臓は飛び跳ねた。たとえ触れてなくても、ラファエルは言葉だけで彼女を喜びで震えさせることができるのだ。

「キスして」彼女はささやき声で懇願した。

「ピンク色のかわいらしいショーツを脱がせてからね」

彼の手は彼女の脇腹を滑り下り、レースのショーツに指をかけると、ぐいと引き下ろして足を抜いた。

それからラファエルは再び手を彼女の脇腹にやり、体を引き寄せた。一糸まとわぬふたりの体が合わさった。彼の高まりが彼女の脚のあいだに押しつけられており、胸毛に覆われた彼の胸が彼女の胸のふくらみにぴたりと寄り添っている。

彼はブライアニーにキスしながら、手を背中にまわして下ろしていった。やがてその手は脚のあいだをまさぐり、彼女の体の中で一番敏感な部分を探り当てた。ブライアニーの口からあえぎ声がもれる。

ブライアニーは一刻も早く彼を中に迎え入れたかった。これまで彼がいないうつろな日々をずっと耐えてきたのだ。彼女はもどかしげにラファエルにしがみつき、彼を迎え入れようと大きく脚を開いた。

ラファエルは唇を重ね、ほほ笑んだ。「せっかちだな。ぼくはまだ終わりにするつもりはない。きみをぼくのものにするまえに、我を忘れるほどの喜びをきみに与えるつもりだ」

「あなたがほしいの」ブライアニーはささやいた。「ほしくてたまらないの、レイフ。あなたが恋しかった。こんなふうに触れてほしかったし、抱いてほしかったの」

ラファエルは体を離し、彼女をじっと見つめた。その熱を帯びたまなざしにブライアニーの心は震えた。「ぼくもきみのことが恋しかったんだと思う。心のどこかできみを求めていたんだ。そうでなければ、きみといるだけでこんなに幸せな気持ちになれるはずがない。ぼくたちは親しい関係、いや、本当に恋人同士だったんだろう。こんな気持ちになるなんてぼくらしくない。まるで誰かの人生に足を踏み入れてしまったかのようだ。それでもぼくはきみがほしい。きみを心から望んでいるんだ」

「ああ、もう待てないわ。今すぐにあなたがほしい。お願い、レイフ、あなたを感じたいの」

ラファエルは彼女の体に覆いかぶさった。ブライアニーは彼の熱に包まれ、たくましい体に押しつぶされるような感覚に酔いしれた。

「本当にもういいのかい、ブライアニー？」

ラファエルはそう言いながら、彼女の中に指を一本差し入れ、敏感になった花芯を親指でそっと転がした。ブライアニーは目をつぶり、彼の腕をぎゅっとつかんだ。

「お願い」彼女はもう一度ささやいた。

ラファエルはブライアニーの脚のあいだに身を置き、彼女の中に高まりを埋《うず》め、少しずつ滑り込ませていった。「目を開けて、ぼくを見るんだ、ブライアニー。きみの顔を見ていたい」

ブライアニーはまぶたを震わせて目を開けた。欲望をたたえた黒いまなざしが彼女を見返している。

彼は炎のように熱い高まりをさらに奥へと進めた。ブライアニーも奥深くに誘うように彼の脇腹に手を置き、上下に滑らせた。

ラファエルは鼻と鼻が触れ合うほど顔を近づけると、彼女にもう一度深々とキスした。

涙で喉が詰まり、ブライアニーは何も言うことができなかった。とはいえ言葉はいらなかった。一度は失ってしまった愛する男性を取り戻せた喜びを言葉で言い表すなんて無理なのだから。

ラファエルは高まりをいったん引いてからまた突き入れたが、そのあいだも彼女の唇から唇を離そうとはしなかった。ブライアニーは彼の息を吸い、ラファエルは彼女の息を吸いながら、舌を絡ませ合った。

彼は体をわずかに下にずらすと、肘をベッドの上についた。そうすればブライアニーに彼の体重が少ししかかからないからだ。

「ぼくが重たかったら言ってくれ」ラファエルは唇を重ねたままささやいた。

返事をする代わりに、ブライアニーは彼をぎゅっと抱きしめてから、片手を下に下ろして彼の引きしまったお尻を引き寄せた。

「どうやったらきみを喜ばせられるのか教えてくれ、ブライアニー」

「このままでいいわ」彼女は恍惚《こうこつ》としてささやいた。「まるで宙を漂っているみたい」

彼は顔をうつむけ、彼女の喉を口でそっと吸ってから、肩へと唇を滑らせ、今度はそこを強く吸った。ブライアニーは彼が自分の印をつけようとしているのだとわかった。彼のものだという印をつけられたのだと思うと、興奮で体中がぞくぞくした。

「すまない、ブライアニー、我慢できなかったんだ」彼はくぐもった声でそう言うと、ふいに激しいリズムを刻みはじめた。

ブライアニーの下腹部がかっと熱くなり、鋭い快感が全身に広がっていく。

彼女はなすすべもなくラファエルの背中に爪を食い込ませた。お尻を突き出し、さらに彼を奥深くに迎える。ラファエルは最後にもう一度震える体を押しつけると、絶頂に達した。


それから彼は体を引き離して横に転がると、彼女の脚のあいだに手をやって、硬くなった花芯を指でなぶった。そして顔を彼女の胸に寄せて頂を口に含んで転がした。そうしてブライアニーを舌で味わいながら、彼女の中に指を一本埋めた。

ラファエルは彼女の花芯を親指で転がし、彼女の奥深くにさらに指をもう一本入れて動かし、胸の頂を口でむさぼり、容赦なく攻め立てた。ブライアニーの視界はぼやけ、ふいに体中に渦巻いていた甘く鋭い感覚が炸裂《さくれつ》した。

「ラファエル！」

ブライアニーはベッドに背中をつけ、彼の下で体をこわばらせた。

絶頂はふいに訪れた。張りつめた甘美な感覚が全身を貫いていく。これほど心を揺さぶられた経験をしたのは初めてだった。彼女は彼にしがみついたまま、何度も彼の名前を叫び、やがてそれはささやき声へと変わっていった。

ラファエルはまだ彼女を愛撫《あいぶ》していた。ブライアニーは彼の体に組み敷かれたまま、快感に心ゆくまでひたった。

頭はぼうっとしていたが、それでもまえの愛の行為とはまったく違っていることはわかっていた。彼女は……きらめく破片となって砕け散った。そうとしか言いようがなかった。それほど激しい絶頂だったのだ。それに、体だけでなく、心まですっかりむき出しにされてしまった。

ラファエルは彼女を引き寄せ、息が苦しくなるほどぎゅっと抱きしめた。そして彼女の体を手で愛撫しながら、唇を髪から額、頬、まつげへと滑らせてキスしていった。

ブライアニーの頭にはいまだに霧がかかっていたが、それでも彼が同じように心を揺さぶられているのがわかった。

彼女はラファエルに寄り添い、喉元に顔を埋めた。そして身も心も満たされて心地よい眠りへと誘われた。

15

ブライアニーは体を撫《な》でまわす手と、肩に押し当てられた唇の感触で目を覚ました。

「ううん」彼女はけだるげにつぶやいた。

「起こしてしまったかな？　眠っている女性の隙につけ込もうとしていたんだ。自分でもあきれるよ」

彼女は笑い声をあげた。「そのとおりよ！」

「きみにしてあげたいことはたくさんある。ぼくからのつぐないとして」

「本当に？」

ラファエルは彼女の胸のふくらみを舌でたどり、それから頂をそっと口に含んだ。そしてしばらくしてから口を離し、彼女を見上げた。「きみのことになると自制がきかなくなるんだ。昨日の晩もできるだけ長引かせ、きみに我を忘れるような喜びを与えたかったのに、いつの間にか自分のことしか考えられなくなっていた」

ブライアニーは目を丸くし、彼の頬を手でそっと撫でた。「これ以上満足していたら、わたしは死んでいたかもしれないわよ。でも、少しはあなたを満足させることができて、ほっとしたわ」

彼は片方の眉をつり上げた。「少しだって？　ぼくは心までしびれるようなすばらしい経験をした。これほど我を失ったのは初めてだ。ほかの女性ではこんなふうには決してならなかった。ぼくたちは昔もこうだったの？」

「いいえ」彼女は静かに言った。「違ったわ」

「まえよりもよくなった？」

「もちろんよ」

「それならよかった。まったく、これほどすばらしいことを忘れてしまったなんて。ぼくの頭はどうかしているんじゃないかと思えてきたよ」

ブライアニーは笑い出し、ラファエルもつられて笑った。記憶喪失を冗談の種にして笑えることが、なんともうれしかった。

「おなかがすいたわ」

ラファエルは再び彼女の胸に唇を寄せた。「ぼくはきみを食べてしまいたい」

ブライアニーは彼の肩をぽんと叩《たた》いた。「本当におなかがぺこぺこだわ。今、いったい何時なの?」

ラファエルは肩をすくめた。「明け方じゃないかな」

「だったらベッドの中で食事にしましょうよ。それから……」

ラファエルは眉を上げた。「それから?」

ブライアニーは意味ありげにほほ笑んだ。「それからデザートを楽しむの」

「そういうことなら」彼は勢いよく立ち上がった。「きみはここにいてくれ。ぼくが何か持ってくるよ」

ブライアニーは上掛けを顎まで引き上げ、彼が一糸まとわぬ姿で寝室から出ていくのを眺めていた。彼は裸でも少しも恥ずかしそうではなかった。自信に満ちあふれた男性はこの上なく魅力的だ。彼女はそう思い、喜びのため息をついた。


十五分後、ラファエルはトレイを持って戻ってきた。皿がふたつのっており、グリルチーズサンドイッチが盛りつけてあった。ランチのときの残りのレモネードが入ったグラスもあった。

ラファエルはトレイを彼女の膝の上に置いた。焼いたパンと溶けたチーズの香りが食欲を誘う。

「まあ、おいしそう！」

「そう言ってもらえてよかった。すぐに料理できるものはこれしか思いつかなかったんだ」ラファエルはそう言いながらベッドの上にあぐらをかいて座り、サンドイッチに手を伸ばした。

ふたりはときおり目を合わせながら、料理をせっせと口に運んだ。ブライアニーは彼が飾らない一面を見せてくれたことがうれしかった。昔よりも彼女に心をさらけ出してくれているように思えた。

サンドイッチを食べ終わり、ラファエルがトレイを運んでいこうとして立ち上がると、彼女は彼の腰を両手で包み込み、身動きを取れなくさせた。トレイが床に落ち、皿やグラスがあちこちに転がった。

ブライアニーは彼にキスした。それはかわいい女の子のキスではなく、〝今度はわたしのやり方でやらせてもらうわ〟と宣言するような官能的なキスだった。

「トレイが落ちたじゃないか！」

「いいじゃない」彼女は喉を鳴らすように言い、彼の体を引っ張った。ラファエルがベッドの上に転がると、彼の体にまたがった。ラファエルは興奮を抑えられないように目を輝かせた。ブライアニーは彼の張りつめた高まりに指を巻きつかせてほほ笑んだ。「デザートを食べる時間だわ」

彼女はそう言うと口を寄せ、彼の男の証《あかし》の先端をそっとなめた。ラファエルは息をあえがせ、体を弓なりにそらし、彼女の髪を手でまさぐりながらくぐもった声をもらした。

「ああ、ブライアニー……」

ブライアニーは彼の高まりを隅々まであますことなく味わった。ラファエルが与えてくれたものを彼にも与えたかったし、彼女の愛を感じてほしかった。ラファエルは喜びの声をあげ、高まりをさらに彼女の口の奥深くへと突き入れた。

やがてこれ以上我慢できなくなったかのように、ラファエルは彼女の肩をつかんで体を引き上げた。

「ぼくをきみのものにしてくれ」かすれた声でささやいた。「さっきぼくはきみをぼくのものにした。だから、今度はぼくをきみのものにしてくれ」

ああ、彼のかすれた声はなんてセクシーなんだろう。ブライアニーは期待に打ち震え、枯れ木に火がついたように全身がかっと燃え上がった。

彼女は愛の行為で主導権を握ったことはなかった。いつもリードするのはラファエルで、どんなときも彼女の喜びを優先した。だが目の前の男性は彼女を求めるあまり、情熱に我を忘れ、自分の反応を自制することができなくなっている。ブライアニーはそんなラファエルのほうが好きだった。そのほうがずっと生身の人間らしく思える。

　今、彼女は自分が主導権を握り、ラファエルに喜びを与えようとしている。彼が恍惚《こうこつ》の表情で半分まぶたを閉じているのを見ると、ブライアニーは頭がくらくらするほどうれしくなった。

　だが、ラファエルはふいにブライアニーのヒップに手のひらを当てた。その手はそのまま上へと向かい、彼の上に覆いかぶさる彼女の胸のふくらみを包み込み、頂をもてあそんだ。

　それから彼は片手をそろそろと彼女の下半身へと伸ばし、花芯を指でそっと撫でた。

　ブライアニーははっと息をのみ込んだ。ラファエルは彼女が反応するリズムを見つけ、さらに指を強く動かした。そしてもう片方の手で胸の頂をぴんと立つまで愛撫《あいぶ》する。

　ラファエルはあっという間に形勢を逆転させた。ブライアニーは彼を組み敷き、思いのままに彼の高ぶりをもてあそんでいたが、今や彼の手は魔法のように動き、彼女の敏感なところを探り当てたのだ。

「さあ、ブライアニー、ぼくに身をまかせて」彼は言った。「絶頂に導いてあげるから。きみの情熱をぼくにもじかに感じさせてくれ」

　ブライアニーは頭をのけぞらせた。全身が震えていた。高みへと押し上げられ、彼が巧みに愛撫したところから快感がはじけるように全身へと広がっていく。絶頂の衝撃は信じられないほど激しかった。くずおれそうになる彼女をラファエルはしっかりと受け止めた。

ブライアニーの体は抑えようもなく震えていた。ラファエルはそんな彼女の体を支え、手で愛撫し、耳元で何度も名前を呼んだ。

ブライアニーの耳に喜びのすすり泣きが聞こえてきた。それは自分の声だとわかったが、ずっと遠くから聞こえてくるようだった。

ラファエルは彼女の腰をつかみ、いまだにぴくぴく震えている彼女の中に押し入った。やがて彼女の下で体をこわばらせると、最後にもう一度、深々と突き上げてから、ベッドの上にぐったりと横たわった。ブライアニーも彼の体の上に力なく覆いかぶさった。

しばらくすると、ラファエルは彼女の背中とヒップをやさしく撫でてから、手を彼女の髪のあいだに差し入れ、額にキスした。

「これほどすばらしいなんて信じられないな」

「ええ……本当に」

「いったい何があったんだ、ブライアニー？　今のはただのセックスじゃない。ぼくがこれまで経験したセックスとは比べものにはならないよ」

「そうね」ブライアニーはささやいた。「ただのセックスではないわね」

「だったらいったいなんなんだ？」

彼女は顔を上げ、ラファエルをまっすぐ見つめた。「愛を交わすということよ、ラファエル。わたしはあなたを愛しているし、あなたもわたしを愛してくれている。その気持ちは心のどこかに残っているはずだわ。頭では理解できなくても、心ではわかっていることがあるのよ」

「これほど大切なことを忘れてしまったなんて、なんだか空恐ろしいよ。ぼくはこれまで誰のことも愛したことがないのに」

「誰のことも？」

ラファエルは首を振った。「幼いころは両親を愛していた。今でも憎んでいるわけじゃない。でも今のぼくにとって両親はぼくに遺伝子を与えてくれただけの存在にすぎない。冷たく聞こえるかもしれないが、それが事実だ。だからといって母親に愛されてなかったなんていうトラウマを抱えているわけではない。ぼくは誰かを深く愛したことがないんだ。愛せないんだと思ってた。でも、ぼくはきみを愛したんだろう？」

「あなたは愛を知ったことで大きな精神的ショックを受け、それを頭から追い払おうとして記憶をなくしてしまったのかもしれないわね」

「きみがこのことを冗談にするなんて」ラファエルは不満顔になった。

「だって、笑い飛ばすかさもなければ泣くしかないでしょう。大丈夫、きっとあなたは思い出すわ。もう思い出しはじめているんじゃないかしら。あなたは本能でいろいろなことを察しているし、わたしを最初から赤の他人のようには扱わなかった。そうするもっともな理由はあったのに。わたしを見ず知らずの人間だと思っていたら、あなたは今、ベッドの中でわたしに秘密を打ち明けてくれたかしら？」

「打ち明けていないだろうな」

ブライアニーはふたりの唇を軽く触れ合わせた。「あせってはだめよ、レイフ。わたしたちのことを少しずつ思い出してくれればいいのよ」

ラファエルは彼女をぎゅっと抱きしめ、額にキスした。「きみはやさしくて辛抱強い。そんなきみにぼくがふさわしいのか自信はないが、心から感謝しているよ」

16

日が昇るとすぐにラファエルの携帯電話が鳴り出した。彼は着信音を聞き、誰が電話をかけてきたのかわかったので無視した。

電話が再び鳴り出すと、ラファエルは毒づき、ブライアニーを腕に抱いたまま、片手を伸ばして床に落ちていたジーンズをたぐり寄せてポケットから携帯電話を取り出し、電源を切った。

あと数日なら彼がいなくても仕事に支障をきたすことはないだろう。どんなことが起こっても、それに対処できるようにたっぷり給料を払って社員を雇っているのだ。これは彼らに自分の頭で考え、仕事をさせる格好の機会だ。

昔だったらそんなふうに思っただけでじんましんができていただろう。なんでも自分でやらなければ気がすまなかったからだ。ブライアニーは正しいのかもしれない。今までの自分でいる必要はないのかもしれない。そう、彼女の言うとおり、子供のために犠牲を払うべきなのかもしれない。

彼は自分の父親のように、いつも家にいない父親にはなりたくなかった。子供のサッカーの試合に駆けつけたかったし、子供の歯が抜けたときは、妖精のふりをして枕の下にお金を入れてやりたかった。

いい父親になりたかった。

ラファエルはブライアニーに目を向けた。彼女は彼の肩に頭をのせ、安心しきったようにすやすや眠っている。ぼくはこの女性を……愛している。

そう思った瞬間、ラファエルの理性はノーと叫び声をあげた。数日のあいだ、一緒に過ごしただけでこの女性を愛するようになるなんて。

そんなことがありうるのだろうか。

本当に数日なのか？　ともに過ごしたという数週間のせいでこんな気持ちになるのだろうか？

やはりブライアニーの言うとおり、心のどこかでぼくが愛した女性として彼女のことを覚えているのかもしれない。

でも、ぼくが愛した女性だって？

彼は愛する女性を見つけたときは、雷に打たれたような衝撃が走るのだと思っていた。

けれども、今は満ち足りた気持ちでいっぱいだった。誰かを愛するのがこれほど簡単だとは思っていなかった。

そう、簡単なのだ。でも、愛とは複雑な感情ではないのか？　たった数日でそんな複雑な感情を抱くようになれるものだろうか。

だが、ブライアニーの言ったことで確かなことがひとつある。昨晩のふたりの行為はただのセックスではない。つまり、ブライアニーとはその場かぎりの浮ついた関係ではないということだ。

彼がこれまでつき合ってきた女性とはセックスだけの関係だった。気軽に女性をベッドに誘い、終わったらあとくされなく別れ、そして次の女性を見つける。ブライアニーと愛を交わしたときほど心を強く揺さぶられたことは一度もなかった。家にようやく戻れたような気がして、昨晩はこの瞬間が永遠に終わらなければいいと願った。

それに、ブライアニーに対して正直でいるのはごくあたりまえのことに思える。彼女は心のうちを包み隠さず話すので、彼もまたなんでも話すことができた。そのせいで彼女を傷つけてしまうとわかっていても。

これほど何も隠せずにいられるのは自分でも不思議だった。ライアンやデヴォンやキャムを心から信頼しているが、個人的な話を深くしようとはしなかった。そういうつき合いなのだ。

ラファエルはブライアニーを見つめ、ため息をついた。どんな男でもこれほどすばらしい女性と別れることなんかできないだろう。出会った瞬間にそれがわかったのかもしれない。人生を変える女性に会ったとき、この人がそうだとわかるというが、それは本当なのかもしれない。

ブライアニーはひと晩だけの情事を楽しむタイプの女性ではない。彼女の愛らしい顔には一生をともにする関係を望んでいると書いてある。

記憶が戻ろうが戻るまいが、ブライアニーはぼくのものだ。もう離れることなんかできない。解決しなければならない問題はたくさんあるが。でも、つき合いはじめたカップルはみんなそうではないのか？　彼女が妊娠しているので、問題は少々複雑だが、それだって解決できないわけじゃない。

ぼくはブライアニーも子供も、そう、望んだものをすべて手に入れられるのだ。

リゾート計画をのぞいて。

ラファエルは顔をしかめた。

それは黒雲のように彼の頭の中に垂れ込めていた。ブライアニーに言わせると、ぼくは土地をリゾート開発しないときっぱり約束したらしい。でもそれでは理屈に合わない。だったら、なぜぼくはその土地を買ったのだ？

この計画にはすでに多大な労力と資金がつぎ込まれている。リゾート施設がひとつできたところで、島の暮らしは変わらないとブライアニーや島の住民を説得できる方法があるはずだ。

もし説得できなくて、計画が中止に追い込まれたら、莫大《ばくだい》な金を失い、ビジネス社会での今の立場と信用もなくして、今後、資金を集められなくなるだろう。

ぼくが覚えていない約束のせいで。

そのときブライアニーが身じろぎした。ラファエルは彼女を抱きしめる手に力を込め、唇にそっとキスした。

ブライアニーはため息をつきながら目をぱちりと開け、彼を見てほほ笑んだ。「こうやって起こされるのは大好きよ。今、何時？」

「七時だ」

「今日、何かしたいことはあるの？」

「きみに島を案内してほしいんだ。この島の魅力をぼくに教えてほしい。ぼくは海を眺めたり、波の音を聞いたりするためだけに、浜辺を訪れたのがいつだったか覚えていないんだ。いつも仕事絡みだったから」

「あなたは働きすぎなのよ。事故にあったのは神様からの贈りものだったのかもしれないわよ。仕事のペースをゆるめて人生を見直すきっかけを与えられたのかも」

「ぼくにはそうは思えない。事故にあって死線をさまよわなければ、そんなことにも気づかなかったなんて思いたくないな」

ブライアニーは彼の頬に手を当てた。「でも、事故にあわなくても、今のような考えを持てたと思う？」

彼はため息をついた。「持たなかっただろうな。ぼくが人生を見直すきっかけになったのは、きみのおかげかもしれないよ」

ブライアニーはほほ笑み、体を起こして彼にキスした。「そのほうがいいわ。事故じゃなくて、わたしがきっかけになってあなたが考えを変えたと思ったほうがうれしいもの。ねえ、先にシャワーを浴びて。そのあいだにわたしが朝食を作るわ。そうだわ、ピクニックの用意をして浜辺で食べましょうよ」

「それよりもっといい考えがある。一緒にシャワーを浴びよう。そうしたらきみが朝食を作るのを手伝える。ぼくが焼くベーコンはいやになるくらいうまいんだ」

ブライアニーは目をきらきらさせながら彼を見つめ、笑い声をあげた。ラファエルは思わず息をのんだ。彼のことをそんなふうに愛情あふれるまなざしで見てくれた女性はこれまでいなかった。

彼女はふいにまじめな顔になった。「あなたを愛しているわ、レイフ。あなたに気まずい思いをさせたくないけれど、あなたを見るたびに、愛しているって何度でも言いたくなってしまうの」

ラファエルは彼女の手を取って唇を押しつけた。胸が痛いほど激しく鳴っていた。「きみに愛していると言われるのが好きだ。その言葉は……今のぼくにとって何ものにも代えられない」

ブライアニーの目は喜びにきらめいた。彼女の目は実に表情豊かで、心のうちをくっきりと映し出す――悲しみも怒りも喜びも。目を見るだけで、彼女が何を考えているのか手に取るようにわかる。

ブライアニーはベッドから足を出して床に下ろすと、手を差し出した。「さあ、行きましょう」

ラファエルは彼女の姿を心に焼きつけようとした。すこしふくらんだ彼女のおなかを、胸のふくらみを、背中にかかるウェーブのかかった豊かな髪を。

ブライアニーはぼくのものだ。ぼくの女性だ。そして、おなかの中の子供はぼくの子だ。

「きみは自分がどれほど美しいのかわかっているのかい？」

ブライアニーの頬はピンク色に染まり、目は部屋に降り注ぐ朝の光のようにきらめいた。

「今、やっと気づいたわ」

ラファエルはほほ笑んだ。「さあ、シャワーを浴びに行こう」

17

「きみはすばらしいことをした、ミスター・デ・ルカ」保安官のサイラス・テーラーはラファエルに話しかけた。ふたりはローラの家のパティオにいた。

ブライアニーの祖母がティーパーティを開き、誰もが絶賛するお手製のピーナッツバタークッキーをふるまったのだ。祖母は誰が来ても歓迎し、家に招き入れた。

「投資してくれた人々はそうは言ってくれないでしょう」ラファエルは保安官に冷ややかに告げた。

サイラスは肩をすくめた。「そういった人たちは自分の金をつぎ込むところを抜け目なく探しているから、きっとすぐに新しい投資先を見つけるさ」

ラファエルは皮肉っぽい笑い声をあげそうになった。彼とパートナーたちが何カ月もかけて念入りに計画したプロジェクトを、あっさり片づけられてしまったからだ。「そうかもしれませんが」彼は淡々と話した。「ぼくは信用を失います。次に資金が必要になったとき、喜んで提供しようとする人はいなくなるでしょう」

「プロジェクトを中止して、きみが得られるものはなんだね?」サイラスは小さなグループの輪の中にいるブライアニーに目を向けた。「わたしには、きみが失うものよりも得られるもののほうがはるかに大きいように思えるがね」そして、ラファエルの肩をぽんと叩《たた》く。「よく考えたほうがいいぞ、坊や」

保安官はそう言うと、立ち去っていった。ラファエルはまた笑い声をあげそうになった。年配の保安官から見れば、彼は若造なのだろうが、それでも大人になってから坊やと呼ばれたのは初めてだった。

タイムリミットが迫っていた。携帯電話には着信通知やメールが山ほど届いていた。もうすぐ約束の一週間が終わる。そうしたらデヴォンがライアンとキャムを引き連れて、ラファエルの尻を蹴飛ばしに来るだろう。

この数日、ラファエルはブライアニーと一緒に過ごすことしか考えなかった。ふたりは愛を交わし、一緒に料理を作って食事をし、それからまた愛を交わした。ラファエルはせきたてられるような気持ちになっていた。人生のすべてを数日間に詰め込まなければ、何もかもが砂のように指のあいだからこぼれ落ちてなくなってしまいそうな気がしてならなかった。

明日、決断をくださなくてはならない。これ以上引き延ばすのは無理だ。だがいまだにどうすればいいのかわからなかった。けれども、金やリゾート計画のためにブライアニーを失うわけにはいかない。それだけははっきりとわかっている。

「何か飲みものを持ってきましょうか？」

振り返ると、ブライアニーの祖母が笑みを浮かべて立っていた。彼もほほ笑みながら言った。「いいえ、結構です。ぼくのことはいいですから、どうぞほかのお客さんのお相手をしてください」

「あら、あなただってお客様なのよ。ところで、この島の暮らしは気に入ったかしら？」

ラファエルはブライアニーに目を向けた。彼女は視線を感じたかのように顔を上げ、彼を見つめて輝くばかりの笑みを浮かべた。

「ええ、とても気に入りました。まえにここに来たときのことを覚えてないのが残念でたまりません」

「忘れたままのほうがいいのかもしれないわよ」ローラはもの思わしげな顔で謎めいた言葉を言い残すと、ほかの客の相手をしに行った。

ラファエルはポケットに手を突っ込み、海を見つめた。彼は問題を先送りにするような人間ではなかった。だが、彼がしていることはまさにそれだ。世の中の喧騒《けんそう》から切り離されたみたいなこの島にいると、別世界にいるような気がしてくる。だが現実の世界はすぐそこにあり、彼が決断するのを待っている。

「ラファエル、どうかしたの？」

ブライアニーのやさしげな声が聞こえた。彼女は後ろから彼の腕に手を絡めてきた。

「ちょっと考えごとをしていた」

「何を考えてたの？」

「やらなければならないことだ」

彼女は意外にもそれ以上きこうとはしなかった。「ねえ、ちょっと散歩しに行かない？お祖母《ばあ》さんはわたしたちがいなくなっても気にしないわよ」

ラファエルは彼女の額にキスした。ブライアニーが彼の機嫌を察しても驚かなくなっていた。彼もまた彼女の機嫌がすぐにわかるようになっていたからだ。そういうことができるのは長年連れ添った夫婦だけだと思っていた。

ブライアニーは彼の手を握って庭に出て、石の小道を進んで浜辺に出た。それからラファエルが買った土地へと歩いていった。

「昔、父がよくここに連れてきてくれたの」ブライアニーは言った。「父はここを地上の楽園だと思っていたわ。それでそんな土地を持てたことにまさる幸せはないってよく言ってたの。だからここを売ってしまったとき、父をがっかりさせたんじゃないかと心配だった」

ラファエルは罪悪感に駆られた。だが彼が買わなくても、いずれ誰かの手に渡っていただろう。あるいはブライアニーは税金が払えなくなっていたのだから、国に没収されていたかもしれない。どのみち彼女の土地ではなくなっていたのだ。

でも、ぼくはブライアニーにこの土地を返すことができる……。

その考えは彼の頭から離れなかった。たしかにそのとおりだ。彼の会社でもなく、パートナーたちでもなく、ラファエルこそがこの土地の今の持ち主なのだから。だがこの土地にリゾート施設を建てるという計画を立てて、すでに出資者をつのってしまった。

「愛してるわ」ブライアニーは彼の手をぎゅっと握ってほほ笑んだ。

ラファエルは立ち止まり、彼女を抱きしめた。「ぼくもきみを愛しているよ、ブライアニー」

彼女の見開いた目に涙があふれた。「記憶が戻ったの？」

ラファエルは首を振った。「いや。でも、もうどうでもいい。昔のぼくはきみを愛していたときみは教えてくれた。今のぼくもきみを愛している。だったらそれでいいじゃないか」

　ブライアニーは黙ってうなずいた。

「たった数週間できみを愛するようになるなんてありえないと思っていたが、数日間、一緒にいただけでぼくはきみを愛するようになった」

「本気で言ってるの？」

　ラファエルは彼女の顎に手をかけ、唇をそっと重ねてから言った。「ぼくはこれまで女性に愛していると言ったことがないんだ。もっとロマンティックな雰囲気の中で言うべきだったのかもしれないが、言わずにはいられなかった」

「ああ、ラファエル」ブライアニーの目はきらきら輝いた。「あなたはたった今、わたしを幸せにしてくれたわ。わたしは不安で仕方なかったの。不安になることが何よりも嫌いなのに」

「悪かった。きみに心配させたくなかったのに。きみを愛しているよ」

　ブライアニーは彼の首に両腕をまわしてきつく抱きしめた。「わたしもあなたを愛しているわ」

　ラファエルはふいに思いつめた顔になり、彼女の腕をつかんで下ろした。ブライアニーの顔にとまどいが浮かぶと、安心させるように笑みを浮かべた。だが、約束することはできなかった。今はまだ。

「ぼくは明日、戻らなくちゃならない」彼はこわばった声で切り出した。

ブライアニーは口をぽかんと開けたが、言葉は出てこなかった。ようやく絞り出すような声で言う。「どうして?」

「ニューヨークに戻って、パートナーや出資者ときちんと話し合わなくてはならない。できるだけ先延ばしにしてきたんだが、これ以上は無理だ。ここを発《た》つまえにぼくの気持ちをきみに知ってほしかった。今度は必ず戻ってくる。きみにはそのことを信じてほしくて」

不安が彼女の顔をよぎった。目も暗く陰っている。彼女が信じられずにいることがラファエルにはわかった。だが、まえにここを立ち去ったときに何が起こったのかを考えると、彼女を責められない。

「ぼくと一緒に来ないか?」ラファエルは懇願するように言った。なんとしても彼女の不安を取りのぞきたかった。「それほど長く向こうにいなくてはいけないわけじゃない。きみはこの島からできるだけ離れたくないだろうし……」

ブライアニーは彼の腕に手をかけ、張りつめたようなまなざしで彼を見上げた。「あなたから離れたくない、レイフ。あなたが行くところならどこにでもついていくわ」

「だったら一緒に行こう。正直言うと、リゾート施設の件をぼくひとりで解決できるのかわからない。でも、がんばってみるよ。それは約束できる」

ブライアニーは彼の手をぎゅっと握りしめた。「あなたを信じているわ」

ラファエルは彼女を押しつぶさんばかりにきつく抱きしめ、髪に顔を埋《うず》めた。「一緒に来てくれるね?」

「ええ、レイフ。一緒に行くわ」

「いいかい、ブライアニー、ぼくは何があってもきみを愛している。ぼくたちのためになんとしても問題を解決したいと思ってる。それは信じてほしい」

「あなたを信じるわ。あなたなら解決できるはずよ。わたしにはそれがわかるの」

ラファエルはほほ笑んだ。気持ちを率直に伝えられて肩の荷が軽くなったような気がしていた。理性は今もこんなことをするのは間違っていると叫んでいるが。

彼はこれまでずっと利益を優先させ、実務主義に徹して生きてきた。そろそろ心がおもむくままに生きるべきなのかもしれない。

18

真夜中にブライアニーの携帯電話が鳴り出した。彼女はラファエルの腕の中から手を伸ばし、ベッドの脇に置いてあった電話を取った。「もしもし」

「ブライアニーか。サイラスだ。すぐに病院に来てくれ。お祖母《ばあ》さんが入院した」

彼女は上半身を起こし、眠けを払おうとして首を振った。「お祖母さんが？　いったい何があったの？」

「血糖値が急激に下がったんだ。わたしに電話をかけてきたんだが、最初は口がまわらなくて何を言ってるのかもわからなかった。急いで駆けつけて病院に連れてきたんだ」

なんてことだろう。彼女とラファエルはそのあいだもぐっすり眠っていたのだ。

「どうしてわたしに教えてくれなかったの？」

「軽い発作だったら、きみに知らせるまでもないと思ったんだ。わたしは今もそう思っているが、看護師がきみに入院手続きの書類を書いてほしいので知らせてくれと言い張るんでね」

「すぐに行くわ」

彼女が電話を切ると、ラファエルが心配そうな顔をして彼女を見ていた。「ローラに何があったんだ？」

「わからない。祖母は糖尿病を患っているんだけれど、ときどきインシュリンを取るのを忘れたり、食事を抜いたりすることがあるの。糖尿病の発作の昏睡《こんすい》を起こしかけたのかもしれないわ」

「ぼくも一緒に行くよ」ラファエルはそう言うと、ベッドから飛び出した。

二十分後、ふたりは地元の小さな病院のロビーでサイラスと落ち合った。ブライアニーはすぐに尋ねた。「お祖母さんの容体は？」

「今晩、病院に泊まらなくてはならなくなって怒り狂っているよ。病院に行くのさえ、いやがったんだから。家に着いてすぐにオレンジジュースを飲ませたら、意識はしっかりしてきたんだが、とにかく病院に連れてきたんだ。それで今はわたしに腹を立てていて口もきいてくれない」

ブライアニーはほっとして息をついた。「今、どこにいるの？」

「緊急処置室から病室に移ったところだ。二十四時間つきっきりで面倒をみられる人が見つかるまで、退院させないつもりらしい」

「祖母のところに連れていって」

サイラスが言ったとおり、祖母は憤慨しているように口をへの字に曲げていた。医師はそんな祖母に食事を忘れずに取ることがいかに大切かを辛抱強く説いていた。ブライアニーとラファエルが顔を見せると、祖母はうれしそうにほほ笑んだが、サイラスを見つけるとにらみつけた。

ブライアニーはベッドの脇に行き、祖母の頬にキスした。「お祖母さん、驚かせないでよ」

祖母はあきれ顔になった。「わたしは平気よ。どれだけ頭が鈍くてもそれはひと目でわかるでしょう。わたしはもう家に帰りたいの。迎えが来たんだから、これでようやく帰れるわ。医者はわたしには子守が必要だと思っているみたいだけど」

「無事で安心しましたよ、ローラ」ラファエルはそう言うと、祖母の頬にキスした。

祖母はにっこりし、ラファエルの頬を軽く叩《たた》いた。「ありがとう。こんな時間にブライアニーとあなたをベッドから引っ張り出しちゃってごめんなさいね。妊娠している女性には睡眠が必要なのに」

「先生、祖母を連れて帰ってもいいですか？」ブライアニーはベッドの脇に立っている医師に尋ねた。

医師はうなずいた。「彼女は昏睡状態におちいった原因をちゃんとわかっていますからね。家に戻ったら、一時間置きに血糖値をはかってください。きちんと食事をして、指示どおりにインシュリンを取るように見張ってくださいよ」

「わかりました、先生。ちゃんと見張っています」ブライアニーはきっぱり言った。

祖母は医師をにらみつけて追い払うと、ドアの前に立っていたサイラスを指さした。サイラスはため息をつくと、部屋から出ていった。

ブライアニーはあきれたように首を振った。「いつになったら、サイラスにつらく当たるのをやめるの？　彼はお祖母さんにぞっこんだし、お祖母さんだってそうなくせに」

「彼はわたしが自分の面倒もみられない女性だと思っているのよ。そんな考えを改めたらやめるわ」

「お祖母さんがそれを証明したら、サイラスだってやめるわよ。インシュリンを取ったあとに、食事を抜いたらだめだってわかっているでしょう」

ラファエルは祖母の手を取った。「愛する女性の無事を確認したいと思う男を責められませんよ。男はいつだって愛する女性を守り、幸せにしたいと思っているんですから」

祖母は驚いたように目を丸くした。「まあ、そうなのかもしれないけれど……」そこでようか？」

咳払《せきばら》いし、ブライアニーに顔を向ける。「明日の朝、ラファエルと一緒に出発するんでしょう？」

「ラファエルにはひとりで行ってもらうわ」ブライアニーは明るい声で言った。「先生にお祖母さんの面倒をみるって約束しちゃったんですもの」

ラファエルは彼女の肩に手をまわした。「そのとおり、きみはここに残っていてくれ。仕事はそれほど長くはかからないと思う。大好きなふたりの女性に会うためにすぐに戻ってくるよ」

「お世辞がうまいのね」祖母はほほ笑んだ。「サイラスもそれだけお世辞がうまかったら、彼のプロポーズにもイエスと答えていたかもしれないのに」

ブライアニーは目を見開いた。「お祖母さん！　結婚を申し込まれたなんて教えてくれなかったじゃない！　どうしてイエスって言わないの？」

「それはね、わたしの年になると許されることがあるからよ。愛する男性をやきもきさせることもそのひとつね。すぐにイエスと言ったら、わたしに愛されていることをあたりまえだと思うでしょう。わたしと結婚できて幸せだってことをサイラスが忘れないようにしないとね」

ラファエルは笑い声をあげた。「あなたは本当に賢い女性だ。でも、近いうちにサイラスにいい返事をしてあげてくださいね。きっとみじめな思いをかみしめているでしょうから」

「もちろんよ」祖母は楽しげに言った。「この年になると、そう長くは待てないわ」

ブライアニーは祖母の手を握った。「今日はお祖母さんの家に泊まるわね」

祖母は困った顔になった。「あなたたちの計画の邪魔はしたくないわ。そうでなくてもあなたたちふたりは充分に問題を抱えているんですもの」

ラファエルは自分の口に指を当て、しっと言った。「ローラ、ぼくはすぐに戻ってきます。それからブライアニーと将来のことを決めるつもりです」

ブライアニーの胸の鼓動が速まった。彼がふたりの将来について話したのは初めてだった。彼は愛していると言ってくれた。その言葉を彼女は信じていたが、それでも不安はぬぐえなかった。ふたりには乗り越えなければならない障害が山ほどあるのだから。だがラファエルが彼女と永続的な関係を望んでいると思うと、心の底からほっとした。

三十分後、三人は車に乗り込み、家に向かった。

家に着くと、ブライアニーは祖母をベッドに寝かしつけてから、居間で待っていたラファエルの腕の中に飛び込んだ。

「大変な夜だったね」ラファエルはいたわるように言った。

「ええ。一緒に行けなくなってごめんなさい。お祖母さんがいくら大丈夫って言っても、つきっきりで看病してあげたいの」

「もちろん、そうしたほうがいい。ニューヨークに着いたら電話するよ。数日で戻ってこられるといいんだが。ぼくには厄介ごとをさっさと片づけて早く戻ってこなきゃいけない理由があるからね」

ブライアニーは眉を上げた。「理由って？」

ラファエルは顔をほころばせた。「ぼくの子供を宿した女性がぼくの帰りを待っているんだ。それはできるだけ早く戻ってくる理由になるだろう」

「ええ、そうね。ねえ、ラファエル、お願いだから今度は事故にあわないでね」ブライアニーはそう言うと、彼にキスしてからしぶしぶといった様子で体を離した。「あなたはもう家に戻って荷造りしたほうがいいわ。もうすぐ朝になるから。ヒューストンに着くころにはきっと朝のラッシュアワーになっているわ。そんな時間に空港に行かなきゃならないんだから」

「本当にきみの車を借りてもいいの？」

「わたしこそききたいわ。わたしのミニクーパーを運転しても、あなたのプライドは傷つかないのかってね。サイラスにガルベストンまで送ってもらうこともできるのよ。そこから空港までバスが出ているから」

ラファエルは首を振った。「できればきみの車を借りたい。空港まで早く行ければ、ここに帰ってくるのもそれだけ早くなるからね」

ブライアニーは彼の胸に顔を埋《うず》めた。「あなたがいなくなるとさびしくなるわ、レイフ。本当はあなたがいなくなると思うと、パニックを起こしそうになるの。だって前回あなたにさよならって言ったときは、二、三日経《た》ったらすぐまた会えると思っていたんですもの」

ラファエルは彼女の顔を両手で包み込み、真剣な顔で目をのぞき込んだ。「ぼくは必ず戻ってくるよ、ブライアニー。飛行機事故も記憶喪失もぼくたちを引き離すことはできなかったんだから」

「愛しているわ」

ラファエルは彼女の唇に唇を重ねた。「ぼくもきみを愛している。さあ、少し寝たほうがいい。ニューヨークに着いたら電話するよ」

19

「おまえにそろそろ戻ってもらわなきゃと思ってたんだ」キャメロンはラガーディア空港の到着ターミナルのまえに止めた車にラファエルの荷物を放り込んだ。「デヴォンはおまえがいないあいだずっと不機嫌だったよ。おまえのせいで工事は遅れるし、おまけにコープランドに娘と早く結婚しろとせかされて困っているらしい。ライアンは私立探偵の報告をやきもきしながら待ってる。ふたりとも頭がまともに働いていないんだ。女性が関わるとろくなことがないという証拠だな」キャムは苦々しく言った。

「キャム」ラファエルは車の助手席のドアを開ける手を止め、言った。「うるさいぞ」

キャムは仕事と友情を交えるのは金輪際やめるとぶつぶつと文句を言いながら車に乗り込んだ。

運転席に腰を落ち着けると、彼はラファエルに尋ねた。「いったい何があったんだ、ラファエル？　デヴォンから聞いたが、臆病風に吹かれているそうじゃないか」

「そんなんじゃない」ラファエルはうなるように返事した。「ムーン・アイランドの土地を使わなくても、この計画をやり遂げられる方法があるんじゃないかと思ったんだ」

キャムは悪態をつくと、押し黙った。道路は混み合っていたが、キャムは意に介さず、右に左に車線を切り替えて飛ばしていく。ラファエルは関節が白くなるほどドアハンドルをきつくつかんだ。

キャムの運転する車に乗るときは危険を覚悟しなくてはならない。運転にかける時間があったら、その分仕事を片づけたいと思っているからだ。それなのにキャムを迎えによこすなんて、デヴォンはさぞかし怒っているに違いないとラファエルは思った。

「おまえはまだ思い出せないのか?」ひどい渋滞を抜けると、キャムはようやく口を開いた。

「ああ、何も思い出せない」

「それなのに彼女を信じるのか? 親子鑑定検査の手配はしたのか?」

「過去のことなんてもうどうでもいいんだ。ぼくは彼女を愛している」

車の中はしんと静まり返り、聞こえてくるのは車の騒音だけだった。しばらくするとキャムは核心を突いてきた。

「リゾート計画はいったいどうするつもりなんだ?」

「どうにか中止せずに、やり遂げられる方法があるはずだ。だからぼくは戻ってきた。別の方法を見つけなきゃならないんだ、キャム。ぼくの将来がかかっているんだから」

「おまえは自分以外の将来はどうでもいいと思っているらしいな」キャムの口調は辛辣だった。

「いやみを言うなよ」ラファエルは言い返した。「おまえたちのことを気にしてなかったら、ぼくはここには戻ってこないで、即刻リゾート計画を中止していたさ」

キャムは首を振った。「なぜぼくが女性に深入りしないと決めたのかわかるか？　女性はセックスの相手をさせるだけでいい。それ以上の関係になると、男は去勢されて使いものにならなくなるからだ」

ラファエルは含み笑いをした。「いつの日かおまえだってこうなるさ。おまえをそんなふうにさせる女性に会うのが楽しみだ。そのときはその言葉をそっくり返してやるからな」

「しかし、わからないな。おまえは四カ月前、この世界の頂点に立っていた。ほしいものを手に入れて満足していた。それなのに急にそんなことは望んでいないと言い出すなんて」

車がアパートメントの建物のまえに止まると、ラファエルはいぶかしげな顔をキャムに向けた。「どうしてぼくが四カ月前にほしいものを手に入れたことを知っているんだ？　飛行機事故にあって病院のベッドで目を覚ますまでおまえには会わなかったはずだが」

「おまえはムーン・アイランドを発《た》つまえの日に電話をしてきたんだ。ずいぶんと喜んでたよ。その日、ようやく契約がまとまり、土地を手に入れられたってね」

ラファエルの体は凍りついた。胸が締めつけられて息をするのが苦しくなり、頭も割れんばかりに痛み出した。

「ラファエル？　どうした、大丈夫か？」

写真のように生々しいイメージが次々と頭に浮かぶ。失われた記憶が大砲から飛び出た砲弾のように猛スピードで彼の心を直撃した。ラファエルはめまいに襲われた。

「レイフ、いったいどうしたんだ？」

ラファエルはドアを開けて転がるように車の外に出た。そしてキャムが出てこようとするのを手で止めた。「ぼくは大丈夫だ。ひとりにしてくれ。あとで電話する」

ラファエルはトランクから荷物を取り出すと、よろめきながら建物の玄関に向かった。ドアマンがガラスのドアを開けて挨拶してきたが、ラファエルは無言でエレベータに乗り込み、おぼつかない手つきでカードをスロットに入れた。

ブライアニーに初めて会ったとき、そして初めて愛を交わしたときのことが頭に浮かんだ。いや、愛を交わしたのではない。あれはただのセックスだ。不動産会社のオフィスでブライアニーが契約書にサインし、ラファエルが小切手を渡したときのことも、彼女にさよならと告げたときのことも……。

記憶がどっと押し寄せ、あまりのめまぐるしさに頭がくらくらした。

エレベータのドアが開き、ふらつく足でようやく部屋に入ると、ラファエルは荷物を置き、居間のソファーに向かった。ショックと絶望に打ちのめされ、このまま死んでしまいたかった。

彼はソファーにどさりと座り、頭を抱えた。

ああ、ブライアニーは決して許してくれないだろう。

彼もまた、自分自身を許せないのだから。

「ねえ、お祖母《ばあ》さん、ここにリゾート施設を作るのはそんなに悪いことかしら?」ブライアニーは祖母に問いかけた。ふたりは祖母の家のデッキの椅子に座って海を眺めていた。

祖母はいたわるようなまなざしでブライアニーを見やった。「あなたはいろいろなことを気にしすぎているのよ。島のみんなを幸せにするのはあなたの仕事じゃないわ。もしリゾート建設計画があなたとラファエルの邪魔をしているのなら、何が一番大切なのかを考えなさい。みんなを幸せにするのと、あなたが幸せになるのとどっちが大切なの？」

ブライアニーは顔をしかめた。「約束したことを盾に取って、ラファエルにリゾート建設計画の中止を迫るなんて、わたしは理不尽なことをしているのかしら？　ラファエルには親友でもあるビジネスパートナーたちがいて、彼を信頼して出資してくれた人たちもいるのに。それなのにわたしは島の暮らしを変えたくないからといって、彼にすべてを捨ててほしいと頼んでしまったんだわ」

祖母はうなずいた。「わたしたちはこれまで世間の目に触れずにいられて運がよかったわ。ガルベストンには観光客が押し寄せるようになったのに、ここには誰も来ないんだから。でも、わたしたちの島が永遠にこのままでいられると思ったら、それは間違いよ。ラファエルがリゾート施設を建てなくても、いずれ誰かが建てるでしょう。だったらラファエルにまかせたほうがいいのかもしれないわね。少なくとも彼はこの島の人々に会い、島の事情も知っているんだから」

「わたしはみんなに嫌われたくないの」ブライアニーは顔をゆがめて言った。

「みんなってわけじゃないわ」祖母はさとすように話した。「ラファエルはあなたを愛しているし、わたしもあなたを愛している。それ以外の誰に愛されたいの？」

ブライアニーはふいに自分がどうしようもないほど愚かに思えてきた。彼女は自分の額を手でぴしゃりと叩《たた》いた。

「お祖母さんの言うとおりだわ。だってわたしの土地だったんですもの。誰に売るのかを決める権利があるのはわたしだけよ。この島の人々がこのままの暮らしを続けたいと心から思っていたんだったら、お金を出し合って土地を買うことだってできたはずだわ。それなのに税金も払わないくせに、わたしの土地にあれこれ注文をつけるなんておかしいわ。そうでしょ？」

祖母はくすくす笑った。「その意気よ。がたがた言わずに引っ込んでろってみんなに言ってやればいいんだわ」

「口が悪すぎるわよ、お祖母さん！」

祖母はブライアニーのぞっとした顔を見ると、再びくすくす笑いながら言った。「あなたはずっとつらい思いをしてきたわ。ラファエルがいなくなって捨てられたと思い込み、そのあと妊娠したことがわかったんだから。そしてようやく彼が戻ってきて、あなたは幸せになった。今度はあきらめちゃだめよ。あなたのほうからも何かしなくちゃ」

ブライアニーは祖母を抱きしめた。「お祖母さん、愛しているわ」

「わたしも愛しているわよ」

「お祖母さんのそばを離れたくないの。ひ孫が生まれるとき、そばにいてほしいの」

祖母はため息をついた。「もう二度と会えないみたいな言い方をするのね。あなたのラファエルは大金持ちなんでしょう。だったら、結婚のお祝いに飛行機をねだればいいわ。そうすれば、いつでも行きたいところに行けるわよ」

ブライアニーは首を振った。「お祖母さんったら、こんなときに変な冗談は言わないで。でも、そういうことなのかもしれないわ。わたしは変化を恐れているから、物事を複雑に考えているだけなのかも」

祖母はブライアニーの手を握った。「変化は決して悪いことではないわ。わたしたちを若く、元気にしてくれるから。変化がなければ、人生はマンネリになり、面白みがなくなってしまうもの」

「ラファエルに電話して、リゾート計画を進めてもいいと話すわ。きっと彼も肩の荷が下りてほっとするでしょう」

「彼に会いに行けばいいじゃない。直接会って話したほうがいいこともあるのよ」

「でも、お祖母さんの面倒をみるって先生に約束したし……」

「まだそんなことを言ってるの？　わたしは大丈夫よ。サイラスに電話してあなたを空港まで送らせるわ。あなたが安心するんだったら、グラディスに電話してサイラスが戻ってくるまでついていてもらうわ」

「本当に？」

「本当よ」祖母はせかすように言った。「さあ、どの飛行機に乗ればニューヨークに一番早く着けるのか、インターネットで調べなさい」

20

　ブライアニーはタクシーに乗ると、運転手に住所を伝えた。神経がぴりぴりして落ち着かなかった。

　ラファエルは彼女がニューヨークに来たことを知らない。携帯電話にかけても彼の部屋の電話にかけてもつながらなかったからだ。デジャヴュのようで不安が込み上げてきたが、むやみにおびえまいとした。前回ラファエルが島から出ていったときは、飛行機事故で怪《け》我《が》をして病院に入院していたから、電話には出られなかったのだ。

　とはいえ、捨てられたと思って悲しみに打ちひしがれたときの気持ちは頭にこびりついていた。だから電話をいくらかけても、ラファエルがいっこうに出ないと、不安は増していった。

　ブライアニーはラファエルのアパートメントの建物のまえでタクシーを降りた。玄関に目を向けると、体がぶるっと震えた。またコートを忘れてきてしまった。一刻も早くラファエルに会いたくて、必要最低限のものだけをバッグに詰め、あわただしく家を出てきたのだ。

　彼女が玄関のまえで突っ立っていると、後ろから歩いてきた人が肩をかすめた。ブライアニーは眉をひそめた。どこかで見たことのある顔だ。ラファエルの友人。ライアン・ビアズリー。彼なら建物の中に入れてくれるかもしれない。

「ミスター・ビアズリー」ブライアニーは急いで声をかけた。

　ライアンは足を止め、しかめっ面で振り返った。彼女を見たとたん、しかめっ面ではなくなったが、笑みも浮かべなかった。

「わたしを覚えていないかもしれませんが」

「もちろん、覚えていますよ」彼はそっけなく言った。「ここで何をしているんです？　それになぜコートを着ていないんですか？」

「テキサスを発《た》ったときは暖かかったんです。ラファエルに大切な用件を伝えに来たんですけど、彼は電話に出ないんです。リゾート建設計画の件で彼に会いたくて。工事を進めてもいいって伝えに来たんです。わたしのためにラファエルがあなたや出資者の期待を裏切らないでほしいと思って」

　ライアンはいぶかしげに彼女を見た。「それを伝えるために、わざわざここまで来たんですか？」

　ブライアニーはうなずいた。「ラファエルが忙しい人だってことはわかっていますが、なんとか会わせてもらえないでしょうか？」

「ぼくが彼の部屋に連れていってあげますよ。デヴォンもいるはずです。ラファエルからはまだなんの連絡もないんですけれどね」

　ブライアニーは不安に襲われて目を見開いた。

「そんな顔をしないで」ライアンはなだめるように言った。「キャムが空港まで迎えに行ったんですが、元気そうだと言ってましたから」

　彼はブライアニーの腕を取り、玄関ドアのほうに歩いていった。

「いったいおまえは何をしているんだ？」デヴォンはうんざりしたような顔で問いただした。

　ラファエルは片目を開けた。それから指でピストルの形を作ってデヴォンに向ける。

「出ていけ」

「ひどい顔だな。いいか、おまえが台なしにしようとしているリゾート建設計画をどうにか立て直さなきゃならないときに、どうしてそんなにへべれけになっているんだ？」

「リゾート建設計画なんてどうなってもいいからだ」

ラファエルはそう言うと再び目をつむり、床に置いた酒びんに手を伸ばしたが、空になっていた。口の中はからからだったし、ひどい頭痛もしていた。

彼はふいにソファーから立ち上がるとふらふら歩き、肘掛け椅子にどさりと腰を下ろした。再び目を開けると、すぐまえにデヴォンの怒った顔があった。

「いったい何があった？」デヴォンは尋ねた。「おまえを空港に迎えに行ったときは元気そうだったのに、急に黙り込んだってキャムは言ってた。それで心配になって様子を見に来たら、まともに目を開けていられないほど酔っ払っているなんて」

ラファエルの胸がうずいた。自分をこれほど卑怯《ひきょう》だと思ったことはない。「ぼくはろくでなしだ」

デヴォンは鼻で笑った。「ああ、そうだな。でも目新しいことじゃない。そもそもおまえはそんなことを気にしたことはなかったじゃないか」

ラファエルはふらつきながら立ち上がり、デヴォンのシャツの衿《えり》をつかんでにらみつけた。

「今はそれが気になるんだよ。おい、デヴォン。思い出したんだ。わかったか？　何もかも思い出したら、胸がむかついてまともに考えられないんだ」

デヴォンはいぶかしげに目を細めた。「胸がむかつくほどひどいことを思い出したのか？」

「ぼくはブライアニーを利用した」ラファエルはぽつりと言った。「どんな手を使っても土地を買収するつもりで、ぼくはムーン・アイランドに行った。そしてそのとおりのことをした。ぼくは彼女を誘惑した。愛していると言い、彼女が喜ぶことをなんでも約束した。リゾート建設計画を成功させるために、嘘《うそ》を並べ立てたんだ。そして、彼女には二度と会わないつもりで島から立ち去った。ほしかった土地を手に入れたから、彼女はもう用済みだと思ったんだ」

戸口から悲痛な泣き声がし、ラファエルははっとして振り返った。そのとたん、彼の体は凍りついた。ブライアニーが蒼白《そうはく》な顔をして立っていた。ライアンが彼女の肘をつかんで体を支えている。

悪夢だった。最悪の悪夢が現実のものになったのだ。なぜブライアニーがここにいる？それも、よりにもよってこんなときに。

ラファエルはデヴォンのシャツから手を離し、彼女のほうに歩いていった。「ブライアニー」彼の声は苦悶《くもん》に満ちていた。

ブライアニーはぱっと一歩下がり、ライアンの手を振り払った。

「ブライアニー、頼む、話を聞いてくれ」

ブライアニーは目に涙をためて首を振った。「わたしのことは放っておいて。もう何も言う必要はないわ。全部聞いたから」

ブライアニーはそう言うと、くるりと背を向け、エレベータに飛び込んだ。押し殺した泣き声だけをあとに残して。

ラファエルは立ちつくし、エレベータが閉まるのを呆然《ぼうぜん》と見つめた。「ブライアニーのあとを追ってくれ」彼はしわがれた声でライアンに言った。「頼む。彼女はこの街に知り合いは誰もいない。危険な目にあわせたくないんだ」

ライアンは毒づくと、急いでエレベータのボタンを押した。デヴォンはドアマンに電話をかけ、ブライアニーを引き止めるように伝えた。

「なぜおまえが追わないんだ？」ライアンがエレベータに乗り込むのを見届けると、デヴォンが尋ねた。

ラファエルは再び肘掛け椅子に腰を下ろし、両手で頭を抱えた。「彼女になんて言えばいいんだ？　ぼくは彼女を利用するためにだましていたんだぞ。彼女が恐れていたとおりのことをしてしまったんだ」

デヴォンはソファーの端に座り、友人を見つめた。「それで今はどう思っているんだ？」

「彼女を愛している。ぼくが彼女にしたことや、それをどんな気持ちでしたのかを思うと、吐き気がしてくるよ」

「昔の自分に戻らなくたっていいんだぞ」デヴォンは静かに言った。

ラファエルは目を閉じた。「ブライアニーも昔の自分に戻る必要はないと、ずっと言ってたよ」

「彼女は賢い女性のようだな」

「なあ、デヴォン。ぼくは許しがたいことをしてしまった。なぜあんなひどいことが彼女にできたんだろう？　誰よりも美しくて愛情深くて寛大な女性だっていうのに。ぼくがほしいのはブライアニーだけだ。彼女とおなかの子供だけだ。でもいったいどうしたら許してもらえるだろう？　自分自身を許せるかどうかさえわからないのに」

「その答えはぼくにはわからない」デヴォンは率直に言った。「でも、ここにいても見つからないぞ。彼女が好きで手に入れたければ戦うしかない。あきらめてしまったら、彼女はおまえが以前とまったく変わっていないと思うだろう」

ラファエルは顔を上げた。胸が鉛のように重かった。「このままブライアニーを行かせるわけにはいかない。ぼくが何をしたにしろ、ぼくがどれほどろくでもない男だったにしろ、それは今のぼくじゃない。ぼくは彼女を愛している。もう一度やり直すチャンスが与えられたら、彼女に疑われるようなまねは二度としない」

「おまえは説得する相手を間違えている」デヴォンは言った。「おまえが最低最悪のろくでなしでも、リゾート建設計画がどうなっても、ぼくは百パーセントおまえの味方だ。リゾート建設計画については、何かしら打つ手を考えるよ。だからおまえは愛する女性を取り戻しに行くんだ」

21

ブライアニーは愕然《がくぜん》としてエレベータを降りた。麻痺《まひ》したように体に力が入らず、ただ惰性で足を動かしていた。胸をえぐるようなラファエルの言葉が頭に鳴り響いていた。

〝ぼくは彼女を利用した〟

ブライアニーはよろよろと玄関ドアのほうに歩いていった。すると、ドアマンが目のまえに立ちはだかった。「ミス・モーガンですね。しばらくここでお待ちいただけますか」

「どうして?」

「ここでお待ちください」ドアマンは繰り返した。

ブライアニーは無視して歩いていこうとしたが、ドアマンに手をつかまれてロビーに引き戻された。

抜け殻同然だった体に怒りが湧き上がってくる。彼女はつかまれた手をぐいと引いた。

「わたしに触らないで」

ライアンが走ってきてふたりのあいだに割って入り、ドアマンに言った。「彼女を引き止めておいてくれてありがとう。あとはぼくが送っていくから」

「冗談じゃないわ」ブライアニーはそうつぶやくと、ドアのほうにすたすた歩いていって外に出た。

ライアンは彼女にすぐに追いつき、肘をそっとつかんだ。「車で送らせてくれ。どこにも行く当てがないなら、タクシーに乗っても仕方がない。ホテルも予約していないんだろう？」

ブライアニーの目から涙がこぼれた。「ラファエルのところに泊まるつもりだったの」

「ぼくの家に行こう。この近くだから」

「空港に行きたい」彼女は言った。「ここにいてもしょうがないから」

ライアンはためらったが、それでも彼女の肘を取り、歩き出した。「わかった。空港に連れていくよ。でもきみが飛行機に無事に乗るまで、ぼくがついていくからな。おなかはすいてない？」

「どうしてわたしにやさしくしてくれるの？」

ライアンの目に痛ましい表情がよぎった。「ぼくも大切にしていた人に裏切られたことがあるからだ」

ブライアニーは肩をすくめた。「わたし、あなたのまえでわんわん泣くわよ」

ライアンはわずかに笑みを浮かべ、道路の脇に止めてある車を指さした。「あそこで好きなだけ泣けばいい。あんな話を聞かされたら、泣かずにいるほうが無理だからね」

「もう帰ってもいいわよ」ブライアニーは小さな声でライアンに告げた。ふたりは空港のチェックインカウンターにいた。

「まだ出発までに時間はあるんだろう。何か食べに行こう。きみの顔はまだ青白いし、体も震えている」

「食欲がないの」彼女はおなかに手を当て、吐き気が治まるように手でさすった。

「だったら、飲みものだけでも胃に入れておいたほうがいい。飛行機に遅れないようにちゃんと手荷物検査所まで送っていくから」

ブライアニーはため息をつき、頑固なライアンの申し出を受け入れることにした。

数十分後、ふたりは小さなビストロの外のテーブル席に着き、ブライアニーのまえにはグラスに入ったオレンジジュースが置かれていた。グラスを見つめるブライアニーの目に、再び涙がたまってきた。震える手でひんやりしたグラスをどうにかつかむ。

「まさか、また泣くつもりかい？」

彼女は息を吸い込んだ。「ごめんなさい。あなたには親切にしてもらったのに。あなたのまえで泣きわめいたりして、さぞかし迷惑だったでしょう」

「気にしなくていいよ。きみの気持ちはわかるから」

「あなたを苦しめたのは誰なの？」

「結婚しようと思っていた女性だ」

ブライアニーは眉をひそめた。「ひどい話ね。さぞかし傷ついたでしょう。あのラファエルだってはっきり結婚しようとは言わなかったわ。いったい何があったの？」

ライアンはむっつりと押し黙った。返事をする気がないのだとブライアニーは思ったが、やがて彼はぼそりと言った。「彼女はぼくと婚約した数週間後にぼくの弟と寝たんだ」

「ひどいことをされたのね。信頼していた人に裏切られることほどつらいことはないわ」

「まさにそれがぼくの心境だ」ライアンは自嘲気味に口の端を上げた。それから気づかうような顔になって彼女を見つめた。「これからどうするんだ？」

ブライアニーはオレンジジュースを飲み、グラスをテーブルに戻してから口を開いた。

「家に帰って子供を産むわ。何もかも忘れるよう努力する。ラファエルのいない人生を生きていかなきゃ。わたしには祖母がついているから、いつか元気になれるわ」

「ケリーもぼくのいない人生を生きていくことにしたんだろうか」ライアンはつぶやいた。

「あなたの元婚約者はケリーという名前なの？」

ライアンはうなずいた。

「彼女は今、弟さんとつき合っているの？　それだと、家族の集まりに顔を出すのは気まずいわね」

「いや、弟とはつき合っていない。彼女がどこにいるのかわからないんだ」

「きっとそれでいいのよ。婚約者の弟と関係を持つような女性なら、行く先を心配するのはやめて、忘れたほうがいいんだわ」

「そうかもしれないな」

ふたりのあいだに沈黙が落ちた。ブライアニーの頭にはいまだにラファエルの言葉が鳴り響いていた。何をしていても追い払うことができなかった。

屈辱を感じているし、腹も立てている。だが何よりもすっかり打ちのめされてしまった。わたしは二度もラファエルにだまされて夢中になり、ベッドをともにしてしまった。さらに悪いことに、彼をますます深く愛するようになっている。ラファエルは約束を守る気なんか最初からなかったというのに。そんな彼を信用し、リゾート施設を建てないという条件を土地の売買契約書に書き足すこともしなかったのだ。わたしはなんてばかだったんだろう。

涙が頬を伝い落ち、ブライアニーはあわててぬぐった。だが涙は次から次へとあふれ出てきた。

「すまない。きみがこんな目にあっていいはずがない」ライアンは静かに言った。「ラファエルはぼくの友人だが、今度ばかりはやりすぎだ」

ブライアニーは涙を拭き、目を伏せた。「何かがおかしいと思っていたのよ。でもラファエルに愛されたいと思う気持ちが強すぎて冷静に判断できなかったんだわ。そもそも、ニューヨークになんか来るんじゃなかった。ずっとムーン・アイランドにいたら、今ごろもう立ち直っていたはずなのに。ラファエルと再び関わり合いになんかなるんじゃなかった」

「立ち直れそう？」

「わからない。でも、家から何千キロも離れたこんなところでめそめそ泣いているつもりはないわ」

「そのとおりだ」ライアンは励ますように言い、腕時計を見た。「そろそろ手荷物検査所に行ったほうがいい。飛行機の出発時刻が近づいている」そのとき、彼の携帯電話が鳴った。ライアンは電話の画面を見ると、眉をひそめてすぐに消音ボタンを押し、顔を上げた。

「さあ、行こうか」

「ありがとう、ライアン。あなたには関係のないことなのに、こんなに親切にしてくれて」

ライアンはほほ笑み、ブライアニーの肘を取って手荷物検査を待つ人の列のほうに歩いていった。列の最後に並ぶと、ブライアニーは彼に顔を向け、深く息を吸った。「ここでさよならね」

ライアンはブライアニーの頬を指でなぞった。それから、驚いたことに彼女をぎゅっと抱きしめた。「いいかい、元気になるんだよ。赤ん坊のためにも」

「ありがとう」

ブライアニーはそう言うと、胸を張って列を進んでいった。あと数時間でようやく家に帰れるのだ。

22

ラファエルは体を引きずるようにしてシャワー室に入り、アルコールを抜くためと自分を罰するために氷のように冷たい水を浴びた。

さっきからずっとブライアニーの居所をきくために、ライアンに電話をかけていたが、いっこうにつながらなかった。なんとしてもブライアニーに会い、彼の思いを伝えなければならなかった。ブライアニーとおなかの子供が何よりも大切だからだ。もしブライアニーがやり直すチャンスを与えてくれたなら、彼女より大切なものはないことを証明するつもりだった。

シャワーから出たとき、体は冷えきっていたが、頭はすっきりと冴《さ》え渡っていた。彼がするべきことはひとつしかない。

ブライアニーを取り戻すのだ。

居間に行くと、デヴォンとキャムが肘掛け椅子に脚を投げ出して座っていた。

「これからどうするつもりだ？」デヴォンがもの憂げに問いかけた。

「ぼくは彼女を取り戻す」ラファエルはきっぱり言った。「仕事なんてどうなってもいい。ぼくの愛する女性とぼくの子供を取り戻さなきゃならない。リゾート建設計画のためにふたりをあきらめることなんかできない」

「本気で言ってんのか？」キャムが尋ねた。

「もちろん本気だ」ラファエルはうなるように言った。「ぼくはもう仕事を成功させるためだったらなんでもやる冷血漢じゃないんだ。あんな男には戻りたくない。おまえたちが今までどうしてあんな男に我慢できたのか不思議だよ」

キャムはにやりとした。「わかったから、そんなにかりかりするな」

「ライアンから連絡はあったか？　彼女のあとを追いかけさせたんだが、電話に出ないんだ」

デヴォンは首を振った。「ぼくが電話してみるよ。おまえからの電話に出ないだけかもしれないぞ」

ちょうどそのとき、エレベータの到着を告げる音が聞こえた。ラファエルは息を止めて振り返った。奇跡が起きてブライアニーが戻ってきてくれたのかと思ったのだ。ライアンが部屋に入ってくると、ラファエルは気抜けしたように息を吐き出した。

彼はライアンの目のまえに立った。「ブライアニーはどこにいる？　この二時間ずっとおまえに電話をかけていたんだぞ。いったいどこにいたんだ？」

ライアンは彼をにらみつけた。「この二時間、ブライアニーの泣き声をずっと聞いていたよ。それもこれもおまえが彼女を傷つけたからだ。おまえはようやく巡り合えた人生で一番大切な人を捨てたんだ。さぞかし満足しているだろうな」

「おいおい」デヴォンが立ち上がった。「ライアン、おまえが責めなくても、ラファエルはもう充分苦しんでいるさ」

「おまえは彼女の泣き声を聞いていないからそんな悠長なことを言えるんだ」

「ブライアニーはどこだ？」ラファエルは声を震わせて尋ねた。ブライアニーが泣いていたと思うと、胸が張り裂けそうに痛んだ。「彼女に会わなきゃならないんだ、ライアン。いったいどこに連れていった？」

「空港だ」

「空港だって？　彼女はもう飛行機に乗ったのか？　今から行っても間に合うか？」

ライアンは首を振った。「彼女の乗った飛行機は、おそらくもう飛び立った」

ラファエルは悪態をつき、手をこぶしに握って壁を叩《たた》いた。それからキャビネットに額を押しつけ、込み上げてくる怒りをどうにか静めようとした。

いくらか落ち着きを取り戻すと、顔を上げ、ビジネスパートナーでもある親友たちを見まわした。そして、これで彼らとの関係も終わりかもしれないと覚悟を決めて、切り出した。

「ぼくは彼女のあとを追いかける」ラファエルは決然と話を続けた。「リゾート建設計画は中止する。いくら損をしても構わない。いや、何もかも失ってもいい。あの土地は彼女に返す。あの土地がぼくのものであるかぎり、ブライアニーにいくら愛していると言っても決して信じてくれないだろう」

驚いたことに、親友たちはいっせいにそのとおりだとばかりにうなずいた。

「怒ってないのか？　大損をすることになるぞ」

「リゾート建設計画はぼくたちにまかせてくれ」デヴォンは言った。「おまえは愛する女性を追いかけろ。そして、いやになるくらい幸せになれ。リゾート建設計画をどうにか中止せずにすむように手を尽くしてみるよ。ほかの場所を見つければいいだけかもしれないぞ」

「今は話し合っている時間がない」ラファエルは言った。「あとで報告してくれ。みんな、恩に着るよ。大きな借りを作ってしまったな」

「いずれ借りは返してもらうよ。おまえがブライアニーに許してもらったあとにな」デヴォンはそう言うと、にやりとした。

「空港までの足はあるか？」ライアンが言った。「運転手と車を外に待たせてあるんだ」

「ありがたい。財布だけ持ってすぐに行く」

「荷物は持っていかないのか」キャムが言った。

「持っていかない。ブライアニーにまたジーンズとビーチサンダルを買ってもらうよ」

「その尻を彼女に思いきり蹴飛ばされたあとにな」デヴォンがからかった。

「彼女を取り戻すためだったらどんなことをされても耐えてみせる」ラファエルはきっぱり宣言した。

「やれやれ」キャムがうんざりしたように言った。

デヴォンは笑い、キャムの背中を叩いた。「恋に落ちると、男はああなってしまうらしい。助言するよ。結婚は金と便宜のためにしろ。ぼくのように」

「一番いいのは結婚なんかしないことだ」キャムは言った。「金の節約になるからな。離婚して慰謝料をごっそり取られることもない」

ラファエルは首を振った。「そんなことを言うくせに、よくもぼくのことを冷血漢呼ばわりしていたな。まあ、いい、ぼくはもう行くぞ。いそいで飛行機に乗らなきゃならないから」

「ブライアニー！」

波打ち際にたたずんでいたブライアニーが振り返ると、祖母が家のデッキから手を振っていた。サイラスも傍らに立っている。

ブライアニーはこの二時間ぼんやりと海を眺めていた。祖母とサイラスに心配をかけているのはわかっている。ブライアニーはふたりにニューヨークで何があったのか手短に話したのだ。

祖母に手を振り返してから、ブライアニーは再び海を見つめた。まだふたりの相手をする気にはなれなかった。祖母とサイラスは彼女が家に帰ってきてからしきりに世話を焼こうとする。だがブライアニーはただぐっすり眠りたかった。とはいえ、目をつぶるたびに、ラファエルの声が聞こえてくるのだ。その声は頭にこびりついていて、いくら追い払おうとしても追い払えなかった。

だからといって、これ以上泣きたくはなかった。もうすでに頭ががんがんするほど涙にかきくれて過ごしたのだから。

ポケットに入れた携帯電話が鳴り出した。ブライアニーは取り出すと、これまで少なくとも二十回はそうしたようにすぐに消音ボタンを押した。ラファエルがずっと電話をかけてきているのだ。すると今度は留守番電話にメッセージが届いたことを知らせる音が鳴った。

　彼はそこにも数えきれないくらいメッセージを残していた。

　ラファエルは今さら何が言いたいんだろう？　後悔しているとか？　わたしをだますつもりはなかったとか？　彼は自分が冷酷な仕打ちをしたことを忘れていたのだから、わたしも彼を許すべきなの？　けれどもラファエルは、わたしが契約違反だと騒ぎ立てるのをやめさせようとしてそんなことを言い出すつもりかもしれない。

　そう、わたしがおとなしくしていれば、リゾート建設計画は円滑に進められるのだ。ブライアニーは皮肉まじりに思った。それならラファエルは何よりも大切なリゾート施設を好きなだけ建てればいい。そして悦に入って、かわいい赤ん坊にキスする機会を失えばいいのよ。

　そう思ったとたん、ブライアニーの心は沈んだ。お金はただの紙切れだが、赤ちゃんは何ものにも代えることができない。

　愛もそうだ。それなのにわたしはだまされているなんて夢にも思わず、それを彼に与えてしまった。

　わたしはつくづく世間知らずの大ばかだ。

足がだんだん冷たくなってきたので、ブライアニーはデッキに引き返した。もう大丈夫だからとお祖母《ばあ》さんに声をかけ、家に戻って今日はもう寝てしまおう。

デッキに近づいていくと、ラファエルがそこに立っているのが見えた。祖母とサイラスの姿はどこにもない。なぜ彼はここにいるの？　いったい何をしに来たの？　ブライアニーはそう思ったが、顔にはなんの表情も出さなかった。ラファエルをうぬぼれさせたくない。

彼女はステップをのぼり、彼の脇を通りすぎ、寝椅子に置いてあったセーターを手に取った。それから彼女のコテージに通じる小道を歩いていった。

「ブライアニー」ラファエルが背中から声をかけてきた。「待ってくれ。話があるんだ」

ブライアニーは足を速めたが、彼がついてきているのはわかっていた。そしてコテージのドアに手をかけようとしたとき、腰をつかまれて振り向かされた。

「頼むから、話を聞いてくれ」ラファエルは懇願した。「きみに無視されても仕方ない。でも、話を聞いてほしい。きみを愛しているんだ」

ブライアニーは身をこわばらせて目をぎゅっとつぶった。鋭い痛みに胸が押しつぶされそうだった。目を開けたとき、涙が出ていないのでほっとした。涙はとっくにかれ果ててしまったのだろう。

「あなたは人を愛するとはどういうことなのかわかっていないわ」彼女は消え入りそうな声で言った。「あなたには心も魂もないのよ」

ラファエルはつらそうに顔をゆがめたが、それでも彼女の腰をつかむ手を離そうとはしなかった。

「もうきみに嘘《うそ》はつかない、ブライアニー。それに、自分のしたことに言いわけをしようとも思わない」

「もうやめて、ラファエル。あなたはほしいものを手に入れたんだから、もうわたしの相手をする必要はないわ。くたくたに疲れているの。倒れてしまうまえに眠りたいのよ。お願いだから、もう帰って。今のわたしにはあなたの相手はできないわ」

ラファエルは何か言いたそうだったが、口をつぐんでいた。目には心配げな表情が浮かんでいる。彼は気づかうようにゆっくりと彼女の腰から手を離した。

「ぼくはきみを愛しているんだ、ブライアニー。それは何があっても変わらないし、変えたいとも思わない。そうだね、きみは少し寝たほうがいい。体をいたわってくれ。でもぼくはこれで終わりにするつもりはない。絶対にきみを手放さない。ぼくのことをさぞかし残酷な男だと思っているんだろう。でもきみは何もわかっていないんだ」

ラファエルはそう言うと、名残惜しそうに彼女の頬を指でなぞった。それから背中を向け、祖母の家に続く小道へと歩いていった。

胸が張り裂けんばかりに痛み、ブライアニーは目をぎゅっと閉じた。叫びたかったし、思いきり泣きたかった。だが彼女はじっとそこに立ちつくし、すべてを捧《ささ》げた男性が立ち去っていくのをぼんやりと見つめていた。

23

「もう一週間も経《た》ったんだ」ラファエルはいらだちを隠そうともせずに声をあげた。「それなのにブライアニーは口をきいてくれるどころか、ぼくの存在さえ無視している」

ラファエルはローラの家のデッキの椅子に座り、サイラスとビールを飲みながら、いまだにブライアニーに拒絶されていることへの不満を訴えた。我慢の限界で頭がどうかなってしまいそうだった。

サイラスは小声で笑った。「これだけは言える。きみは辛抱強いな。たいていの男だったら今ごろはあきらめて逃げ帰っていただろう。それにしても驚いたよ。きみを殺してやろうと待ち構えていたローラを説得して味方に引き入れるなんて」

ブライアニーは家に閉じこもっており、ローラが毎日様子を見に行っていた。ブライアニーはときどき浜辺を散歩しに出てくることがあったが、ラファエルが一度だけ近づこうとしたとき、すぐに家に戻ってしまった。彼はそれから邪魔をするのをやめた。ブライアニーには気兼ねなく外の空気を吸ってほしかったからだ。

「ぼくは逃げ帰るつもりはない」ラファエルはきっぱり言った。「ブライアニーを愛しているんだから。ぼくは彼女にはふさわしくないのかもしれない。でも、ぼくが昔と同じ人間でいる必要はないと彼女はずっと言ってくれていたんだ。ぼくは昔のようなぼくにはなりたくない。変わりたいんだ。彼女にはそれを見届けてほしい」

サイラスはラファエルの肩をぽんと叩《たた》いた。「きみはローラとわたしにあの土地にリゾート施設は建てないと約束してくれた。でも、ブライアニーはそれを知っているのか？　島の住民は？　きみが昔とは違う人間になったことを世間に証明する機会をもうけたほうがいいんじゃないのか」

「なるほど」ラファエルは思案顔になった。

サイラスは提案した。「島の住民集会を開くんだ。きみがそこでリゾート計画について重大な発表をするとわたしが噂《うわさ》を流しておくよ。島の連中は計画に反対するためにこぞってやってくるだろう」

「ブライアニーが家に閉じこもったままだったら、そんなことをしたって無駄じゃないか」

「ローラとわたしでなんとか彼女を集会に出席させる。きみが心配しなければならないのは、みんなのまえでどれだけ謙虚な姿勢を貫けるかだ」サイラスはにやりとした。

ラファエルはため息をついた。これが必ずしもいい考えだとは思えなかった。彼の私生活を何百人もの人々のまえにさらしたくなかったからだ。

だが、ブライアニーに話を聞いてもらえる方法がこれしかないとしたら、プライドをかなぐり捨ててやるしかない。

「ふたりとも頭がおかしくなったんじゃない？」ブライアニーは口をとがらせた。「なんでわたしがラファエルの話を聞きに行かなきゃならないの。しかもリゾート建設計画についての発表だなんて」

「きみがそんなに臆病だとは思わなかったよ、ブライ」サイラスは言った。「何があったのかはみんなももう知っている。誰もきみを責めたりしないさ」

「みんなにどう思われていようと、そんなのどうでもいいの」ブライアニーは言い返した。「みんなに非難されるのを覚悟して、ラファエルに会いにニューヨークに行ったんだもの。計画を進めても構わないって言うためにね」

「だったら、何が問題なの？」祖母が口を挟んだ。

「ラファエルに会いたくないのよ。どうしてそれをわかってくれないの？　彼の姿を見るだけでもわたしがどれだけつらい思いをしていると思う？」

「あなたがするべきことは、みんなのまえに堂々と出ていくことよ。解決してしまえば、すぐにでも家から出られるじゃない。避けられないことを先延ばしにするよりもずっといいわ」

ブライアニーはため息をついた。

「わかったわ、行くわよ。でも、そうしたらもうわたしのことは放っておいて。ひとりで心の整理をつけるから。ふたりが心配してくれているのはわかるけど、わたしにとっても簡単に片づくことじゃないの」

祖母は彼女をぎゅっと抱きしめた。「今日が終われば事態はきっとよくなるわ。わたしを信じて」

ブライアニーはそれでも渋っていたが、サイラスと祖母に市の集会所に連れていかれた。サイラスに一番前の席に座らされ、島の人々に同情するような目を向けられると、ブライアニーはすぐに逃げ出したくなったが、意志の力を総動員させてその場に踏みとどまった。彼女の両側にはサイラスと祖母が陣取っている。

しばらくすると市長のルパートが壇上に上がり、静かにするようみんなに向かって手を上げ、口を開いた。

「今日ここにトライコープ社のラファエル・デ・ルカ氏が来ています。彼はご承知のように最近、この島の土地を買いましたが、そこをどうするのかをこれからみなさんに発表するそうです」

市長が言い終わると、通路を歩いてくるラファエルの足音が聞こえてきた。ブライアニーはありったけの自制心を働かせて、振り返りたい衝動を抑えつけた。

ラファエルが壇上に立った。ブライアニーはその姿に唖然《あぜん》とした。彼はスーツを着ておらず、ジーンズとTシャツという格好だった。それだけでも驚きなのに顔はげっそりとやつれていて、目の下は落ちくぼみ、髪もぼさぼさで無精ひげまで生えていた。

ラファエルは咳払《せきばら》いすると、聴衆を見まわしてから、目のまえのブライアニーに視線を向けた。

彼は……そわそわしていて緊張している様子だった。でもそんなことはありえない。彼は横柄で傲慢なビジネスマンなのだ。だが彼はどこから見ても不安そうだった。

ブライアニーはぽかんとして彼を見つめた。ラファエルはうつむき、演台の上に置かれたものを落ち着きなくいじってから顔を上げ、話をはじめた。「ぼくはある目的を果たすためにこの島にやってきました。それはブライアニー・モーガンが売りに出していた土地を買うことでした」

非難するようなささやき声が集会所のあちらこちらからあがったが、彼はひるまずに話を続けた。

「その後、彼女がその土地を売る際に条件をつけたがっていることがわかりました。けれども、ぼくとしてはその条件を受け入れるわけにはいきませんでした。そこで彼女を誘惑することにしたんです。あのときはどんな手を使っても、彼女がその条件を契約書に書き足さないようにしようとしたんです」

ブライアニーは腰を浮かせかけたが、祖母が彼女の腕をつかんで押しとどめた。「座っていなさい、ブライアニー。あなたはこの話を最後まで聞かなきゃいけないわ」

人々が再びひそひそ声で話しはじめると、ラファエルは手を上げてそれを制した。それから再びブライアニーに目を向けた。彼女は椅子に腰を下ろした。彼の真剣なまなざしに圧倒されたのだ。

「ぼくは自分のしたことを決して誇りには思っていません。でもぼくはそういう人間だったんです。土地の売買契約が成立すると、ぼくはリゾート施設の建設がはじまるまでこの島には戻らないつもりで、出ていきました。でも飛行機が墜落し、ぼくはこの島にいたときの記憶を失ってしまったんです。今となっては、墜落事故に感謝しています。ぼくの生き方を変えてくれたから」

彼の最後のひと言で、集会所の中はしんと静まり返った。誰もがラファエルの言葉を聞き逃すまいと、身を乗り出している。

「ぼくは記憶を取り戻すためにブライアニーとともに戻ってきました。そしてこの島とブライアニーを愛するようになりました。ぼくに戻る必要はないと言い続けてくれました。なりたいと思う人間になれるのだと励ましてくれた。彼女は正しかった。ぼくはもはや昔のぼくになりたいとは思わない。ぼくは自分が誇りに思えるような、そして彼女が誇りに思ってくれるような人間になりたい。ブライアニー・モーガンが愛する男になりたいんです」

ブライアニーは膝に置いた手をぎゅっと握りしめた。今にも目から涙がこぼれ落ちそうだった。

「ぼくはブライアニーから買った土地を彼女に返します。彼女の好きなようにすればいい。彼女が望むなら、市に譲渡して公園にすればいい。どうしようがぼくは構わない。ぼくがほしいのは彼女とおなかの中の子供だけだからです」

ラファエルは高ぶった気持ちを静めるようにそこで口をつぐみ、震える手で演台をぎゅっとつかんだ。それから壇上を横切ってステップを下り、ブライアニーのまえで足を止め、ひざまずいた。

「ブライアニー、きみを愛している。どうかぼくを許してほしい。そして、結婚してくれ。ぼくはこれから死ぬまで、きみとおなかの中の子供にふさわしい男になれるよう努力する」

ブライアニーははじかれたように立ち上がると、ラファエルに抱きついて胸に顔を埋《うず》めた。それから、声をあげて盛大に泣き出した。

ラファエルもブライアニーをきつく抱きしめた。それから彼女の耳と額と頭のてっぺんにキスすると、両手で顔を包み込んで再びキスの雨を降らせた。

ふたりの周りで歓声があがり、拍手まで巻き起こったが、ブライアニーはそれには耳を貸さず、彼女が求めてやまない男性をひしと抱きしめていた。

ラファエルを。

「返事をしてくれ、お願いだ」ラファエルは彼女の耳元でささやいた。「これ以上ぼくを苦しめないでくれ。ぼくはきみが望む男になれると言ってくれ、ブライアニー。もう一度だけチャンスをくれ」

ブライアニーは彼に口づけし、顔を手でそっと撫《な》でた。「あなたはすでにわたしの理想の男性そのものよ。あなたを愛しているわ。ええ、あなたと結婚します、ラファエル」

彼は立ち上がってブライアニーを抱き上げると、その場でくるくるまわりながら叫んだ。

「ブライアニーはイエスと言ってくれたぞ！」

島の人々はいっせいに拍手喝采を送った。祖母は泣きじゃくり、サイラスにハンカチを渡されると、派手な音をたててはなをかんだ。

ラファエルはゆっくりと彼女を床に下ろしたが、抱擁を解こうとはしなかった。もう一瞬たりとも彼女をどこにも行かせないと決めたように。

「本当にすまなかった、ブライアニー」彼の声には誠実な思いが込められていた。「きみに嘘《うそ》をつき、傷つけてしまった。もしあのときに戻れるなら、あんなまねは絶対にしない」

「何よりも大切なのは」ブライアニーは言った。「あなたが今、わたしを愛してくれているということよ」

「今だけでなく、生きているかぎりきみを愛すると誓うよ」ラファエルは宣言した。

ブライアニーがあたりを見まわすと、人々は足音を忍ばせて部屋から出ていくところだった。祖母とサイラスもいなくなっていた。ブライアニーとラファエルはふたりだけになった。

「これからどうするの、レイフ？　リゾート建設計画を中止してしまったら、あなたの仕事はどうなるの？」

ラファエルはため息をついた。「ライアンとデヴォンとキャムが力を貸してくれる。ぼくがニューヨークを発《た》ったとき、彼らは計画を中止させずにすむ方法を探していた。おそらくリゾート施設を別の場所に建てることになるだろう。でも、そんなことはどうでもいい。金のためにきみとぼくたちの子供を失うわけにはいかないと彼らにはっきり言ったんだ。ぼくにとって、きみと子供が何よりも大切だから」

ブライアニーはからかうように言った。「あなたはたった今、大舞台に立って一世一代の仕事をなし遂げたんですもの。わたしはあなたを信じるわ」

「なんだか疲れたよ」ラファエルは言った。「きみも疲れただろう。きみの家に戻ってベッドにもぐり込んで少し休まないか。きみを抱きしめることよりもいいことなんて何も思いつかない」

ブライアニーは彼の首に両手をまわし、目を閉じて甘美なこの瞬間に身をゆだねた。これまでの苦しみと悲しみがすべて洗い流されていくようだった。

それから彼の手を取り、ドアのほうへと引っ張っていった。建物の外に出ると、ふたりを覆っていた黒雲を払うように太陽の光が降り注いできた。

ラファエルに顔を向けると、熱いまなざしで彼女を見返していた。誰が見てもわかるほど彼の目は愛に満ちあふれ、太陽に負けないほど輝いていた。

「家に戻りましょう」ブライアニーは言った。

ラファエルは笑みを浮かべて彼女の手を取り、止めてあった車のほうへと歩いていった。

＊本書は、2012年10月に小社より刊行された作品を文庫化したものです。

mira

忘却《ぼうきやく》のかなたの楽園《らくえん》

2021年5月15日発行　第1刷

著　者　マヤ・バンクス

訳　者　小林《こばやし》ルミ子

発行人　鈴木幸辰

発行所　株式会社ハーパーコリンズ・ジャパン
東京都千代田区大手町1-5-1
03-6269-2883（営業）
0570-008091（読者サービス係）

印刷・製本　中央精版印刷株式会社

定価はカバーに表示してあります。

この書籍の本文は環境対応型の植物油インクを使用して印刷しています。

ISBN978-4-596-91853-6

mirabooks

消えない愛のしるしを

マヤ・バンクス
琴葉かいら 訳

夫の死後三年がたち、過去を吹っ切るために秘密の社交場にやってきたジョスリン。長年胸に秘めてきた願いを叶えようとするが、そこには夫の親友がいて…。

心があなたを忘れても

マヤ・バンクス
庭植奈穂子 訳

ギリシア人実業家クリュザンダーの子を宿したマーリーは、彼にただの〝愛人〟だと言われ絶望する。しかも追い打ちをかけるように記憶喪失に陥ってしまい…。

後見人を振り向かせる方法

マヤ・バンクス
竹内　喜 訳

イザベラが10年以上も片想いをしているのはギリシア富豪一族の次男で後見人のセロン。だがある日、彼がどこかの令嬢と婚約するらしいと知り…。

一夜の夢が覚めたとき

マヤ・バンクス
庭植奈穂子 訳

楽園のような島のホテルで職を得たジュエルはその日、名も知らぬ男性に誘惑され熱い一夜を過ごす。だが彼こそがオーナーのピアズで、彼女は翌日解雇され…。

あなたの吐息が聞こえる

マヤ・バンクス
中谷ハルナ 訳

顔を合わせれば喧嘩ばかりのウェイドから、パーティへの招待を受けたうえドレスまで贈られ、ときめくイライザ。だが、過去の悪夢が彼女の背後に忍び寄り…。

涙のあとに口づけを

マヤ・バンクス
中谷ハルナ 訳

特殊な力を持つせいで幼い頃にカルト教団につかまり、囚われの日々を送ってきたジェナ。ついに逃げ出し、アイザックという長身の男性に助けてもらうが…。